一念一念，如是如是

林清玄 著
LINQINGXUAN

中国工人出版社

图书在版编目（CIP）数据
一念一念，如是如是 / 林清玄著. 一北京：中国工人出版社，2019.6
ISBN 978-7-5008-7201-6
Ⅰ. ①一… Ⅱ. ①林… Ⅲ. ①散文集—中国—当代 Ⅳ. ①I267
中国版本图书馆CIP数据核字（2019）第111742号

著作权合同登记号：图字01-2018-8780号
本著作物经北京阅享国际文化传媒有限公司代理，由九歌出版社有限公司授权，在中国大陆出版，发行中文简体字版本。

一念一念，如是如是

出版人　王娇萍
责任编辑　吴　迪
责任印制　黄　丽
出版发行　中国工人出版社
地　址　北京市东城区鼓楼外大街45号 邮编：100120
网　址　http://www.wp-china.com
电　话　（010）62005043（总编室）
（010）62005039（印制管理中心）
（010）62379038（社科文艺分社）
发行热线　（010）62005049　（010）62005042（传真）
经　销　各地书店
印　刷　三河市东方印刷有限公司
开　本　880毫米×1230毫米　1/32
印　张　7.375
字　数　145千字
版　次　2019年10月第1版　2019年10月第1次印刷
定　价　45.00元

目录

CONTENTS

上篇
无风絮自飞

目录

中篇
念念清明

C O N T E N T S

下篇
安顿身心

一念一念，如是如是

|

上篇

|

无风絮自飞

一个人只要站稳脚跟，努力地向上生长，

有时不免和别人纠缠，又有什么要紧呢?

不忘失自己的立场与尊严，最后就会结出果实来，

当果实结成的时候，一切的纠缠就不重要了。

玻璃心

在中部的一所中学演讲，有一个学生问了大问题："你认为人最大的危机是什么？"

我不假思索地说："我认为人最大的危机是越来越不像人。"

"为什么？"

"因为人的品质日渐低落，越来越多的人像动物一样，充满了欲望，只追求物质的实现与满足。而人在生活形式上则越来越像机器，由于和机器相处的时间日渐增加，甚至超过人与人相处的时间，人在无形中受到机器影响，人味比从前淡薄了。"我说。

那位中学生听了，又站起来问："那么，你觉得人最大的希望是什么？"

我说："人最大的希望是单纯的心、奉献的心、爱人的心。"

"所谓单纯的心就是不功利、没有杂染的心；奉献的心就是时常渴望为别人做些什么，带给别人利益；爱人的心就是设身处地为别人着想，发自内心地关怀别人。如果有这些心，人就会比较有希望了。"

我补充道。

另一位看起来很活泼的女生站起来，俏皮地说：“可是杨林有一首歌叫《玻璃心》，说爱人的心，是玻璃做的，很容易破碎的！”

说完后，哄堂大笑，结束了这一次演讲。在往台北的火车上，我回想着这一段对话，我们时常为我们的中学生担心，其实他们对生命仍然有着深刻的沉思，为某些生命的大问题找寻答案，只要这样的态度存在，生命的希望也就存在了。

我倒是觉得自己的答复有一些需要补充的。最近这些年，我感觉越来越多的人有两极化的倾向。一种是生活，行为、动机、人生目标极像动物，就是我们所说的“衣冠禽兽”，他们几乎不管心灵的提升，只求物质的满足，还有一些是不在乎别人死活，杀盗淫妄无所不为。另一种则是极像机器人，全部自动化，终日不与人相处，只与机器相处，在家里一切都是机器化，出门关在汽车里，在办公室则与电话、电脑、传真机为伍，晚上在沙发上看电视、听音响，一直到睡去为止。

这种两极化的倾向是非常令人忧心的，人间的冷漠无情、僵硬无义也就成为一种不可避免的倾向，因为不管是“衣冠禽兽”或“衣冠机器人”的共同特质就是缺乏人间的沟通与情义！时日既久，当然成为人最大的危机了。

要突破禽兽与机器人唯一的方法就是有一颗温暖的心，过单纯的生活，真实地为别人奉献，花更多的时间在人的身上而不是机器身上，其实这也只不过是坚持作为人追求真、善、美、圣的品质罢了。

确实，做一个完整的人比做禽兽复杂得多，与人沟通相爱比和机器相处困难得多，使大部分人“既期待又怕受伤害”，不肯承担人的责任与荣誉。我们可以看到那些倾向动物或机器的人，都是曾受过伤害和害怕受伤害的人。

可是，有一颗容易受伤害的玻璃心，总比没有心要好得多，偶尔听听心灵破碎的声音也比只想贪求世界便宜的人要可爱得多。

有时候极让人痛心的是，人类文明的推动发展，到最后竟使我们在流失人的品质。我们借着电脑、电话、传真机沟通，而懒于互相谈话、拥抱、互爱；我们看一幅画的好坏先看其标价；我们交朋友先衡量互相的价值，以便踩着别人的肩膀向上爬……到最后，许多人竟无视别人的死活，杀人放火、奸淫掳掠，被捕了还在电视上微笑。天啊！动物相互之间都还有哀矜与关爱之情；机器都有无误守信之义，人为什么沦落至此！

人最大的危机就在这里，而人最大的希望就是要大家一起来反制这种危机！用玻璃的心、水晶的心、钻石的心、黄金的心都好，不管是什么心，只要有心就好！

好雪片片

在信义路上，常常会看到一位流浪的老人，即使热到摄氏三十八度的盛夏，他也穿着一件很厚的中山装，中山装里还有一件毛衣。那么厚的衣物使他肥胖笨重有如木桶。平常他就蹲坐在街角，歪着脖子，看来往的行人，也不说话，只是轻轻地摇动手里的奖券。

很少的时候，他会站起来走动。当他站起，才发现他的椅子绑在皮带上，走的时候，椅子摇过来，又摇过去。他脚上穿着一双老式的牛伯伯打游击的大皮鞋，摇摇晃晃像陆上的河马。

如果是中午过后，他就走到卖自助餐摊子的前面一站，想买一些东西来吃，摊贩看到他，通常会盛一盒便当送给他。他就把吊在臀部的椅子对准臀部，然后坐下去。吃完饭，他就地睡午觉，仍是歪着脖子，嘴巴微张。

到夜晚，他会找一块干净挡风的走廊睡觉，把椅子解下来当枕头，和衣，甜甜地睡去了。

我观察老流浪汉很久了，他全部的家当都带在身上，几乎终日不说一句话，可能他整年都不洗澡的。从他的相貌看来，应该是北方人，流落到这南方热带的街头，连最燠热的夏天都穿着家乡的厚衣。

对于街头的这位老人，大部分人都会投以厌恶与疑惑的眼光，小部分人则投以同情。

我每次经过那里，总会向老人买两张奖券，虽然我知道即使每天买两张奖券，对他也不能有什么帮助，但买奖券使我感到心安，并使同情找到站立的地方。

记得第一次向他买奖券那一幕，他的手、他的奖券、他的衣服同样的油腻污秽，他缓缓地把奖券撕下，然后在衣袋中摸索着，摸索半天才掏出一个小小的红色塑胶套，这套子竟是崭新的，美艳得无法和他相配。

老人小心地把奖券装进红色塑胶套，由于手的笨拙，使这个简单动作也十分艰困。

“不用装套子了。”我说。

“不行的，讨个喜气，祝你中奖！”老人终于笑了，露出缺几颗牙的嘴，说出充满乡音的话。

他终于装好了，慎重地把红套子交给我，红套子上写着八个字：“一券在手，希望无穷。”

后来我才知道，不管是谁买奖券，他总会努力地把奖券装进红套子里。慢慢我理解到了，小红套原来是老人对买他奖券的人一种感激的表达。每次，我总是沉默耐心等待，看他把心情装进红封套，温暖四处流动着。

我们生活中的好雪、明净之雪也是如此，

在某时某地当下即见，

美丽地落下，落下的雪花不见了，

但灌溉了我们的心田。

和老人逐渐认识后，有一年冬天黄昏，我向他买奖券，他还没有拿奖券给我，先看见我穿了单衣，最上面的两个扣子没有扣。老人说："你这样会冷吧！"然后，他把奖券夹在腋下，伸出那双油污的手，要来帮我扣扣子，我迟疑了一下，但没有退避。

老人花了很大的力气，才把我的扣子扣好，那时我真正感觉到人明净的善意，不管外表是怎么样的污秽，都会从心的深处涌出，在老人为我扣扣子的那一刻，我想起了自己的父亲，鼻子因而酸了。

老人依然是街头的流浪汉，把全部的家当带在身上，我依然是我，向他买着无关紧要的奖券。但在我们之间，有一些友谊，装在小红套，装在眼睛里，装在不可测的心之角落。

我向老人买过很多很多奖券，从未中过奖，但每次接过小红套时，我觉得那一刻已经中奖了，真的是"一券在手，希望无穷"。我的希望不是奖券，而是人的好本质，不会被任何境况所淹没。

我想到伟大的禅师庞蕴说的："好雪片片，不落别处！"我们生活中的好雪、明净之雪也是如此，在某时某地当下即见，美丽地落下，落下的雪花不见了，但灌溉了我们的心田。

清　欢

少年时代读到苏轼的一阕词，非常喜欢，到现在还能背诵：

> 细雨斜风作晓寒，
> 淡烟疏柳媚晴滩，
> 入淮清洛渐漫漫。
> 雪沫乳花浮午盏，
> 蓼茸蒿笋试春盘，
> 人间有味是清欢。

这阕词，苏轼在旁边写着“元丰七年十二月二十四日，从泗州刘倩叔游南山”，原来是苏轼和朋友到郊外去玩，在南山里喝了浮着雪沫乳花的淡茶，配着春日山野里的蓼菜、茼蒿、新笋，以及野草的嫩芽等，然后自己赞叹着：“人间有味是清欢！”

当时所以能深记这阕词，最主要的是爱极了后面这一句，因为试吃野菜的这种平凡的清欢，才使人间更有滋味。“清欢”是什么呢？清欢几乎是难以翻译的，可以说是“清淡的欢愉”，这种清淡的欢愉不是来自别处，正是来自对平静疏淡简朴生活的一种热爱。当一个人可以品味出野菜的清香胜过了山珍海味，或者一个人在路边的石头里看出了比钻石更引人的滋味，或者一个人听林间鸟鸣的声音感受到比提笼遛鸟更感动，或者体会了静静品一壶乌龙茶比起在喧闹的晚宴中更能清洗心灵……这些就是“清欢”。

清欢之所以好，是因为它对生活的无求，是它不讲求物质的条件，只讲究心灵的品味。“清欢”的境界很高，它不同于李白的“人生在世不称意，明朝散发弄扁舟”那样的自我放逐；或者“人生得意须尽欢，莫使金樽空对月”那种尽情的欢乐。它也不同于杜甫的“人生有情泪沾臆，江水江花岂终极”这样悲痛的心事；或者“人生不相见，动如参与商；今夕复何夕，共此灯烛光”那种无奈的感叹。

活在这个世界上，有千百种人生。文天祥的是“人生自古谁无死，留取丹心照汗青”，我们很容易体会到他的壮怀激烈。欧阳修的是“人生自是有情痴，此恨不关风与月”，我们很能体会到他的绵绵情恨。纳兰性德的是“人到情多情转薄，而今真个不多情”，我们也不难会意到他无奈的哀伤。甚至于像王国维的“人生只似风前絮，欢也零星，悲也零星，都作连江点点萍！”那种对人生无常所发出的刻骨的感触，也依然能够知悉。

可是“清欢”就难了！

尤其是生活在现代的人，差不多是没有清欢的。

什么样是清欢呢？我们想在路边好好地散个步，可是人声车声不断地呼吼而过，一天里，几乎没有纯然安静的一刻。

我们到馆子里，想要吃一些清淡的小菜，几乎是杳不可得，过多的油、过多的酱、过多的盐和味精已经成为中国菜最大的特色，有时害怕了那样的油腻，特别嘱咐厨子白煮一个菜，菜端出来时让人吓一跳，因为菜上挤的沙拉比菜还多。

有时没有什么事，心情上只适合和朋友去啜一盅茶、饮一杯咖啡，可惜的是，心情也有了，朋友也有了，就是找不到地方，有茶有咖啡的地方总是嘈杂的。

俗世里没有清欢了，那么到山里去吧！到海边去吧！但是，山边和海湄也不纯净了，凡是人的足迹可以到的地方，就有了垃圾，就有了臭秽，就有了吵闹！

有几个地方我以前常去的，像阳明山的白云山庄，叫一壶兰花茶，俯望着台北盆地里堆叠着的高楼与人欲，自己饮着茶，可以品到茶中有清欢。像在北投和阳明山间的山路边有一个小湖，湖畔有小贩卖功夫茶，小小的茶几、藤制的躺椅，独自开车去，走过石板的小路，叫一壶茶，在躺椅上静静地靠着，有时湖中的荷花开了，真是惊艳一山的沉默。有一次和朋友去，两人在躺椅上静静喝茶，一下午竟说不到几句话，那时我想，这大概是“人间有味是清欢”了。

现在这两个地方也不能去了，去了只有伤心。湖里的不是荷花了，是漂荡着的汽水罐子，池畔也无法静静躺着，因为人比草多，石板也被踏损了。到假日的时候，走路都很难不和别人推挤，更别说坐下来喝口茶，如果运气更坏，会遇到呼啸而过的飞车党，还有带伴唱机来跳舞的青年，那时所有的感官全部电路走火，不要说清欢，连欢也不剩了。

要找清欢，就一日比一日更困难了。

当学生的时候，有一位朋友住在中和圆通寺的山下，我常常坐着颠踬的公交车去找她，两个人就沿着上山的石阶，漫无目的地，走走、坐坐、停停、看看，那时圆通寺山道石阶的两旁，杂乱地长着朱槿花，我们一路走，顺手拈下一朵熟透的朱槿花，吸着花朵底部的花露，其甜如蜜，而清香胜蜜，轻轻地含着一朵花的滋味，心里遂有一种只有春天才会有的欢愉。

圆通寺是一座全由坚固的石头砌成的寺院，那些黑而坚强的石头坐在山里仿佛一座不朽的城堡，绿树掩映，清风徐徐，站在用石板铺成的前院里，看着正在生长的小市镇，那时的寺院是澄明而安静的，让人感觉走了那样高的山路，能在那平台上看着远方，就是人生里的清欢了。

后来，朋友嫁人，到国外去了。我去过一趟圆通寺，山道已经开辟出来，车子可以环山而上，小山路已经很少人走，就在寺院的门口摆着满满的摊贩，有一摊是儿童乘坐的机器马，叽哩咕噜的童歌震撼半山，有两摊是打香肠的摊子，烤烘香肠的白烟正往那古寺的大佛飘去，有一位母亲因为不准孩子吃香肠而揍打着两个孩子，激烈的哭声尖亢而急促……我连圆通寺的寺门都没有进去，就沉默地转身离开，山还是原来的山，寺还是原来的寺，为什么感觉完全不同了，失去了

清欢之所以好，

是因为它对生活的无求，

是它不讲求物质的条件，

只讲究心灵的品味。

什么吗？失去的正是清欢。

下山时的心情是不堪的，想到星散的朋友，心情也不是悲伤，只是惆怅，浮起的是一阕词和一首诗，词是李煜的：

高楼谁与上？
长记秋晴望。
往事已成空，
还如一梦中！

诗是李觏的：

人言落日是天涯，
望极天涯不见家；
已恨碧山相阻隔，
碧山还被暮云遮！

那时正是黄昏，在都市烟尘蒙蔽了的落日中，真的看到了一种悲剧似的橙色。

我二十岁时心情很坏的时候，就跑到青年公园对面的骑马场去骑马，那些马虽然因驯服而动作缓慢，却都年轻高大，有着光滑的毛色。双腿用力一夹，它也会如箭一般呼噜向前蹿去，急忙的风声就从两耳掠过，我最记得的是马跑的时候，迅速移动着的草的青色，青草茸的，仿佛饱含生命的汁液，跑了几圈下来，一切恶的心情也就在风中、在绿草里、在马的呼啸中消散了。

尤其是冬日的早晨，勒着缰绳，马就立在当地，踢踏着长腿，鼻孔中冒着一缕缕的白气，那些气可以久久不散，当马的气息在空气中消弭的时候，人也好像得到某些舒放了。

骑完马，到青年公园去散步，走到成行的树荫下，冷而强悍的空气在林间流荡着，可以放纵地、深深地呼吸，品味着空气里所含的元素，那元素不是别的，正是清欢。

最近有一天，突然想到骑马，已经有十几年没骑了。到青年公园的骑马场时差一点吓昏，原来偌大的马场里已经没有一根草了，一根草也没有的马场大概只有台湾才有，马跑起来的时候，灰尘滚滚，弥漫在空气里的尽是令人窒息的黄土，蒙蔽了人的眼睛。马也老了，毛色斑驳而失去光泽。

最可怕的是，不知道什么时候在马场搭了一个塑料棚子，铺了水泥地，奇丑无比，里面则摆满了机器的小马，让人骑用，奇吵无比。为什么为了些微的小利，而牺牲了这个马场呢？

马会老是我知道的事，人会转变是我知道的事，而在有真马的地方放机器马，在马跑的地方没有一株草，则是我不能理解的事。

就在马场对面的青年公园，那里已经不能说是公园了，人比西门町还拥挤吵闹，空气比咖啡馆还坏，树也萎了，草也黄了，阳光也不灿烂了。我从公园穿越过去，想到少年时代的这个公同，心痛如绞，别说清欢了，简直像极了佛经所说的“五浊恶世”！

生在这个时代，为何“清欢”如此难觅？眼要清欢，找不到青山绿水；耳要清欢，找不到宁静和谐；鼻要清欢，找不到干净空气；舌要清欢，找不到蓼茸蒿笋；身要清欢，找不到清凉净土；意要清欢，找不到智慧明心。如果你要享受清欢，唯一的方法是守在自己小小的天地，洗涤自己的心灵，因为在我们拥有愈多的物质世界，我们的清淡的欢愉就日渐失去了。

现代人的欢乐，是到油烟爆起、卫生堪虑的啤酒屋去吃炒蟋蟀；是到黑天暗地、不见天日的卡拉 OK 去乱唱一气；是到乡村野店、胡乱搭成的土鸡山庄去豪饮一番；以及到狭小的房间里做方城之戏，永远重复着摸牌的一个动作……这些污浊的放逸的生活以为是欢乐，想起来毋宁是可悲的。为什么现代人不能过清欢的生活，反而以浊为欢，以清为苦呢？

一个人以浊为欢的时候，就很难体会到生命清明的滋味，而在欢乐已尽、浊心再起的时候，人间就愈来愈无味了。

这使我想起东坡的另一首诗来：

梨花淡白柳深青，
柳絮飞时花满城；
惆怅东栏一株雪，
人生看得几清明？

苏轼凭着东栏看着栏杆外的梨花，满城都飞着柳絮时，梨花也开了遍地，东栏的那株梨花却从深青的柳树间伸了出来，仿佛雪一样的清丽，有一种惆怅之美，但是人生看这么清明可喜的梨花能有几回呢？这正是千古风流人物的性情，这正是清朝大画家盛大士在《溪山卧游录》中说的："凡人多熟一分世故，即多一分机智。多一分机智，即少却一分高雅。""山中何所有？岭上多白云，只可自怡悦，不堪持赠君，自是第一流人物。"

第一流人物是什么人物？

第一流人物是在清欢里也能体会人间有味的人物！

第一流人物是在污浊滔滔的人间，也能找到清欢的滋味的人物！

求　好

有好多人喜欢讲生活品质，他们认为花的钱多、花得起钱就是生活品质了。

于是，有愈来愈多的人，在吃饭时一掷万金，在买衣时一掷万金，拼命地挥霍金钱，当我们问他为什么要如此，他的答案是理直气壮的——“为了追求生活品质！为了讲究生活品质！”

生活？品质？

这两样东西到底意味着什么呢？

如果说有钱能满足许多的物质条件就叫生活品质，是不是所有的富人都有生活品质，而穷人就没有生活品质呢？

如果说受教育就会有生活品质，是不是所有的大学生都有生活品质，没受教育的人就没有生活品质呢？

如果说都市才有生活品质，是不是乡下人就没有生活品质呢？是不是所有的都市人都有生活品质呢？

答案都是否定的，可见生活品质乃不是某一阶层、某一地区，或甚至某一时代的专利。古人也可以有生活品质，穷人、乡下人、工匠、农夫都可以有生活品质。因为，生活品质是一种求好的精神，是在一个有限的条件下寻求该条件最好的风格与方式，这才是生活品质。

工匠把一张桌子椅子做到最完美而无懈可击的地步，是生活品质。

农夫把稻田中的稻子种成最好的收成，是生活品质。

穷人买一个馒头果腹，知道同样的五块钱在何处可以买到最好品质的馒头，是生活品质。

家庭主妇买一块豆腐，花最便宜的钱买到最好吃的豆腐，是生活品质。

整个社会都能摒弃那不良的东西，寻求最好的可能，这个社会就会有生活品质了。因此，我们对生活品质最大的忧虑，乃不是小部分人的品位不良，而是大部分人失去求好的精神了。

在一个失去求好精神的社会里，往往使人误以为摆阔、奢靡、浪费就是生活品质，逐渐失去了生活品质的实相。进而使人失去对生活品质的判断力，只好追逐名牌，用有名的香水、服装、皮鞋，以至名建筑师盖的房子，来肯定自我的生活品质，这是现代社会名牌泛滥的原因。

有钱人从头到脚，从房子到汽车，从音响到电视用的都是名牌，那些名牌多得让人忘记了自己的名字。

一般人欣羡之余，心生卑屈，以为那是生活品质，于是想尽方法不择手段去追求“生活品质”，甚至弄到心力交瘁、含恨而死。君不见被警察抓到的大流氓乃至小妓女，戴劳力士，开进口车，全身都是名牌吗？

真正的生活品质，是回到自我，清楚衡量自己的能力与条件，在这有限的条件下追求最好的事物与生活。再进一步，生活品质是因长久培养了求好的精神，因而有自信、有丰富的心胸世界；在外，有敏感直觉找到生活中最好的东西；在内，则能居陋巷而依然能创造愉悦多元的心灵空间。

生活品质就是如此简单：它不是从与别人比较中来的，而是自己人格与风格求好精神的表现。

拥　有

星云大师退位的时候，许多人都为他离开佛光山而感到惋惜，他说了两段非常有智慧的话，他说：

> 佛光山如果要说是属于我的，就是属于我的。因为大自然的一切，小如花草清风，大到山河大地，如果你认为是你的，它就是你的了。
>
> 佛光山，如果要说不是属于我的，就不是属于我的。因为不要说佛光山这么大的园林，不能为个人拥有，即使是自己的身体也不是自己所拥有的。

这两段话很有智慧，是由于大师真正彻悟地照见了人生的本质，人具有两种本质，一种是极为壮大开阔的，一种又是极端的渺小和卑微。在心念广大的时候，我们可以欣赏一切、涵容一切，可是比照起

因为我们拥有了太多的东西，

所以害怕失去，害怕失去才是痛苦的根源，

所以有了拥有，就有了负担，就不能自在。

我们所能欣赏与涵容的事物，我们又显得太渺小了。

明了了这一层，一个人对事物的拥有是应该重新来认识的。我们常在心里想着："这是我的房子，这是我的车子，这是我的土地，这是我的财产……这个是我的，那个也是我的。"因为我们拥有了太多的东西，所以害怕失去，害怕失去才是痛苦的根源，所以有了拥有，就有了负担，就不能自在。

到了年老体衰，即使拥有许多东西，但不能享用，也就算失去了；最后两手一摊，不管放什么宝贝的东西也握不住了。

在佛经里，所有娑婆世界的一切，都不是用来拥有的，而是用来舍的，一个人舍得下一切则是真正壮大，无牵无挂；一个人拥有一切正是沉沦苦痛的泉源。

我们是入世的凡夫，难以直趋其境，但我们可以训练一种拥有，就是在心灵上拥有，不在物欲上拥有；在精神上对一切好的东西能欣赏、能奉献、能爱，而不必把好的事物收藏成为自己专有。能如此，则能免于物欲上的奔逐，免于对事物的执迷，那么人生犹如宽袍大袖，清风飘飘，何忧之有?

清末才子王国维曾在《〈红楼梦〉评论》中说：

濠上之鱼，庄、惠之所乐也，而渔父袭之以网罟；舞雩之木，孔、曾之所憩也，而樵者继之以斤斧。若物非有形，心无所住，则虽殉财之夫，贵私之子，宁有对曹霸、韩干之马，而计驰骋之乐，见毕宏、韦偃之松，而思栋梁之用，求好逑于雅典之偶，思稅驾于金字之塔者哉？

说得真是好极了！当人看到鱼只想到吃，看到树就想要砍，看到大画家画的马也想骑，画的松树只想到盖房子……那么这些人就永远不能拥有鱼的优游、树的雄伟、马的俊逸、松的高奇种种之美，则其所欲弥多，随之苦痛弥甚，还能体会什么真实的快乐呢？

当观知足

若欲脱诸苦恼，当观知足。

知足之法，即是富乐安稳之处。

知足之人，虽卧地上，犹为安乐。

不知足者，虽处天堂，亦不称意。

不知足者，虽富而贫。

知足之人，虽贫而富。

不知足者，常为五欲所牵，

为知足者之所怜悯，是名知足。

——《遗教经·佛告诸比丘》

有一次到动物园去参观，在猴群聚集的地方，有一个游客丢一根香蕉给猴子，结果一大群猴子都来抢香蕉，甚至你推我挤、大打出手，一直到猴王出现了，才平息抢香蕉的纷争。

动物园的人告诉我，再一个小时就要来喂食了，地上也还有一些早上未吃完的食物。这使我知道，猴子抢食香蕉乃不是为了饥饿，而是因为贪欲，因为不能知足。即使它们都吃饱了，有人丢一根香蕉，还是会打起来。

看到猴子抢香蕉，使我不免有悲悯之念，知道单纯地被欲望支配，是很可悲的。

但是回过头来看人，在这个世界知足的人也很少，尤其是在鼓励消费的资本社会，由于消费意识的高涨，很少人能满足于眼前的生活，总觉得还有更奢华的生活可以追求，美其名为“生活质量”。

为了更高的生活质量、更大的消费，人就要拼命地挣钱，钻营奔走、无所不为。许多人就这样奔走一生，最后以充满遗憾的心情离开这个世界，只因为“不知足”。

当然，不知足很可能是社会发展的动力，可是不知足也是人性堕落的基因。不知足的心容易被五毒障蔽，充满了贪婪、嗔恚、愚痴、傲慢与怀疑，不知足的人也不能领会单纯平静的喜乐，找不到身心平衡的定点。

佛陀早就看清不知足是人性的弱点，因此教我们应该观照知足，有了知足的心才能使心灵平静，常处于净土；有了知足的心才不会为世间的俗事花费太多的时间，有益于沉思；有了知足的心才不会计较利害得失，而能反观自我。

知足，使人即使在最复杂的社会里，也能自在、自由和自尊。

知足，使人即使在最豪贵的人面前，也能胸怀高旷，充满悲悯。

知足，使人即使在最艰难的困境里，也能安乐富有，充满感恩。

黄昏菩提

我欢喜黄昏的时候在红砖道上散步，因为不管什么天气，黄昏的光总让人感到特别安静，能较深刻省思自己与城市共同的心灵。但那种安静只是心情的，只要心情一离开或者木棉或者杜鹃或者菩提树，一回头，人声车声哗然醒来，那时候就能感受到城市某些令人忧心的品质。

这种品质使我们在吵闹的车流里有一种难以言喻的寂寞；在奔逐的人群与闪亮的霓虹灯里，我们更深地体会了孤独；在美丽的玻璃帷幕明亮的反光中，看清了这个大城冷漠的质地。

居住在这个大城，我时常思索着怎样来注视这个城，怎样找到它的美，或者风情，或者温柔，或者什么都可以。

有一天我散步累了，坐在建国南路口，看见这样的场景：疾驰的摩托车撞上左转的货车，因挤压而碎裂的铁与玻璃，和着人体撕伤的血泪，正好喷溅在我最喜欢的一小片金盏花的花圃上。然后刺耳的警笛与救护车，尖叫与围拢的人群，堵塞与叫骂的司机……好像一团碎铁屑，因磁铁辗过而改变了方向，纷乱骚动着。

对街那头并未受到影响，公车牌上等候的人正与公车司机大声叫骂。一个气喘咻咻的女人正跑步追赶着即将开动的公车。小学生纠察队正鸣笛制止一个中年人挤进他们的队伍。头发竖立如松的少年正对不肯停的计程车吐口水。穿西装的绅士正焦躁地把烟蒂猛然蹂扁在脚下。

这许多急促的、喘着气的画面，几乎难以相信是发生在一个可以说非常美丽的黄昏。

惊疑、焦虑、匆忙、混乱的人，虽然具有都市人的性格、生活在都市，却永远见不到都市之美。

更糟的是无知。

有一次在花市举办花卉大餐，人与人互相压挤践踏，只是为了抢食刚剥下的玫瑰花瓣或者涂着沙拉酱的兰花。抢得最厉害的，是一种放着新鲜花瓣的红茶，我看到那粉红色的花瓣放进热气蒸腾的茶水，瞬间就萎缩了，然后沉落到杯底，我想，那抢着喝这杯茶的人不正是那一瓣花瓣吗？花市正是滚烫的茶水，它使花的美丽沉落，使人的美丽萎缩。

我从人缝穿出，看到五尺外的安全岛上，澎湖品种的天人菊独自开放着，以一种卓绝的、不可藐视的风姿。这种风姿自然是食花的人群所不可知的。天人菊的名声比不上玫瑰，滋味可能也比不上，但它悠闲不为人知的风情，却使它的美丽有了不受摧折的生命。

悠闲不为人知的风情，是这个都市最难能的风情。有一次参加一

最大的感恩是，我们生而为有情的人，
不是无情的东西，使我们能凭借情的温暖，
走出或冷漠或混乱或肮脏或匆忙或无知的津渡，
找到源源不绝的生命之泉。

个紧张的会议，会议上正纷纭地揣测着消费者的性别、年龄、习惯与爱好：什么样的商品是十五到二十五岁的人想要的？什么样的资讯最适合这个城市的青年？什么样的颜色最能激起购买欲？什么样的抽奖与赠送最能使消费者盲目？

而且，用什么形式推出才是我们的卖点和消费者情不自禁的买点？

后来，会议陷入了长长的沉默，灼热的烟雾弥漫在空调不敷应用的会议室里。

我绕过狭长的会议桌，走到长长的、只有一面窗的走廊透气，从十四层的高楼俯视，看到阳光正以优美的波长，投射在春天的菩提树上，反射出一种娇嫩的生命之骚动，我便临时决定不再参加会议，下了楼，轻轻踩在红砖路上，听着欢跃欲歌的树叶长大的声音，细微几至不可听见。回头，正看到高楼会议室的灯光亮起，大家继续做着灵魂烧灼的游戏，那种燃烧使人处在半疯的状态，而结论却是必然的：没有人敢确定，现代消费者需要什么。

我也不敢确定，但我可以确定的是，现代人更需要诚恳的、关心的沟通，有情的、安定的讯息。就像如果我是春天这一排被局限在安全岛的菩提树，任何有情与温暖的注视，都将使我怀着感恩的心情。

生活在这样的都市里，我们都是菩提树，拥有的土地虽少，勉力抬头仍可看见广大的天空；我们虽有常在会议桌上被讨论的共相，可是我们每天每刻的美丽变化却不为人知。“一棵树需要什么呢？”园艺专家在电视上说，“阳光、空气，和水而已。还有一点点关心。”

活在都市的人也一样的吧！除了食物与工作，只是渴求着明澈的阳光，新鲜的空气，不被污染的水，以及一点点有良知的关心。

“会议的结果怎么样？”第二天我问一起开会的人。

“销售会议永远不会有正确的结论，因为没有人真正了解十五岁到二十五岁现代都市人的共同想法。”

如果有人说：我是你们真正需要的！

那人不一定真正知道我们的需要。

有一次在“仁爱国小”的操场政见台上，连续听到五个人说：“我是你们真正需要的。”那样高亢的呼声带着喝彩与掌声如烟火在空中散放。我走出来，看见安和路上黑夜的榕树，感觉是那样沉默、那样矮小，忍不住问它说：“你真正的需要是什么呢？”

我们其实像那沉默的榕树一样渺小，最需要的是自在地活着，走路时不必担心亡命的来车，呼吸时能品到空气的香甜，搭公车时不失去人的尊严，在深夜的黑巷中散步也能和陌生人微笑招呼，时常听到这个社会的良知正在觉醒，也就够了。

我更关心的不是我们需要什么，而是青年究竟需要什么？十五岁到二十五岁的，难道没有一个清楚的理想，让我们在思索推论里知悉吗？

我们关心的都市新人种，他们的耳朵罩着随身听，过大的衬衫放在裤外，即使好天，他们也罩一件长到小腿的黑色神秘风衣。少女们则像全身燃烧着颜色一样，黄绿色的发，红蓝色的衣服，黑白的鞋子，当她们打着拍子从我面前走过，就使我想起童话里跟随王子去解救公主的人物。

新人种的女孩，就像敦化南路圆环的花圃上，突然长出一株不可辨认的春花，它没有名字，色彩怪异，却开在时代的风里。男孩们则是忠孝东路刚刚修剪过的路树，又冒出了不规则的枝桠，轻轻地反抗着剪刀。

最流行的杂志上说，那彩色的太阳眼镜是“燃烧的气息”，那长短不一染成红色的头发是“不可忽视的风格之美”，那一只红一只绿的布鞋是“青春的两个眼睛”，那过于巨大、不合身的衣服是“把世界的伤口包扎起来”，而那些新品种的都市人则被说成是“青春与时代的领航者”。

这些领航的大孩子，他们走在五线谱的音符上，走在调色盘的颜料上，走在电影院的看板上，走在虚空的玫瑰花瓣上，他们连走路的姿势，都与我的年轻时代不同了。

我的青年时代，曾经跪下来嗅闻泥土的芳香，因为那芳香而落泪；曾经热烈争辩民族该走的方向，因为那方向而忧心难眠；曾经用生命的热血与抱负写下慷慨悲壮的诗歌，因为那诗歌燃起火把互相传递。曾经，曾经都已是昨日，而昨日是西风中凋零的碧树。

“你说你们那一代忧国忧民，有理想有抱负，我请问你，你们到底做了什么了不起的大事？”一位西门町的少年这样问我。

我们到底做了什么了不起的大事？拿这个问题问飘过的风，得不到任何回声；问过路的树，没有一棵摇曳；问满天的星，天空里有墨黑的答案。这是多么可惊的问题，我们这些自谓有理想有抱负忧国忧民的中年人，只成为黄昏时稳重散步的都市人，那些不知道有明天而在街头热舞的少年，则是半跑半跳的都市人，这中间有什么差别呢？

有一次，我在延吉街花市，从一位年老的花贩口里找到一些答案，他说：

“有些种子要做肥料，有些种子要做泥土，有一些种子是天生就要开美丽的花。”

农人用犁耙翻开土地，覆盖了地上生长多年的草，草很快地成为土地的一部分。然后，农人在地上洒一把新品种的玫瑰花种子，那种子抽芽发茎，开出最美的璀璨之花。可是没有一朵玫瑰花知道，它身上流着小草的忧伤之血，也没有一朵玫瑰记得，它的开放是小草合身的结晶。

我们这一代没有做过什么大事，我们没有任何功勋给青年颂歌，就像曾经在风中生长、在地底怀着热血、在大水来时挺立、在干旱的冬季等待春天、在黑暗的野地里仰望明亮天星的、一株卑微的小草一样，这算什么功勋呢？土地上任何一株小草不都是这样活着的吗？

所以，我们不必苛责少年，他们是天生就来开美丽的花，我们半生所追求的不也就是那样吗？无忧地快乐地活着。我们的现代是他们的古典，他们的朋克何尝不是明天的古典呢？且让我们维持一种平静的心情，欣赏这些天生的花吧！

光是站在旁边欣赏，好像也缺少一些东西。有一次散步时看到工人正在仁爱路种树，他们先把路树种在水泥盆子里，再把盆子埋入土中，为什么不直接种到土地里呢？我疑惑着。

工人说：“用盆子是为了限制树的发展，免得树根太深，破坏了道路、水管和地下电缆。也免得树长太高，破坏了电线和景观。”

原来，这是都市路树的真相，也是都市青年的真相。

我们是风沙的中年，不能给温室的少年指出道路，就像草原的树没有资格告诉路树，应该如何往下扎根、往上生长。路树虽然被限制了根茎，但自有自己的风姿。

那样的心情，正如同一个晚秋的清晨，我发现路边的马樱丹结满了晶莹露珠，透明得没有一丝杂质的露珠停在深绿的叶脉上，那露水令我深深感动，不只是感动那种美，更惊奇于都市的花草也能在清晨有这样清明的露。

那么，我们对都市风格、人民品质的忧心是不是过度了呢？

都市的树也是树，都市人仍然是人。

凡是树，就会努力生长；凡是人，就不会无端堕落。

凡是人，就有人的温暖；凡是树，就会有树的风姿。

树的风姿，最美的是敦化南北路上的枫香树吧！在路边的咖啡屋叫一杯上好的咖啡，从明亮的落地窗望出去，深深感到那些安全岛上的枫香树，风情一点也不比香榭丽舍大道上典雅的树林逊色，虽然空气是脏了一点，交通是乱了一点，喇叭与哨子是吵了一点，但枫香树是多么可贵，犹自那样青翠、那样宁谧、那样深情，甚至有一种不可言说的傲骨，不肯为日渐败坏的环境屈身。

尤其是黄昏时分，阳光的金粉一束束从叶梢间穿过，落在满地的小草上，有时目光随阳光移动，还可以看到酢浆草新开的紫色小花，嫩黄色的小蛱蝶在花上飞舞，如果我们用画框框住，就是印象派中最美丽的光影了。可惜有很多人在都市生活了一辈子，总是匆忙地走来走去，从来没有看过这种美。

枫香之美、都市人之品质、都市之每株路树，虽各有各的风情，其实都是渺小的。有一回我登上郊外的山，反观这黄昏的都城，发现它被四面的山手拉手环抱着，温柔的夕阳抚触着城市的每一个角落，天边朗朗升起万道金霞，这时，一棵棵树不见了，一个个人也不见了，只看到互相拥抱的楼宇、互相缠绵的道路。城市，在那一刻，成为坐着沉思的人，它的污染拥挤脏乱都不见了，只留下繁华落尽后清明壮大庄严之美。

回望我所居的城市，这座平常使我因烦厌而去寻找细部之美的城，当时竟陪我跨越尘沙，照见了一些真实的大块的面目。那一天我在山顶上坐到辉煌的灯火为城市戴着光环才下山，下山时还感觉到美正一分一分地升起。

我们如果能回到自我心灵真正的明净，就能拂拭蒙尘的外表，接近更美丽单纯的内里，面对自己是这样，面对一座城市时不也是这样吗？清晨时分，我们在路上遇到全然陌生的人，互相点头微笑，那时我们的心是多么清明温情呀！我们的明净可以洗清互相的冷漠与污染，同时也可以洗涤整个城市。

如果我们的心足够明净，还会发现太阳离我们很近，月亮离我们很近，星星与路灯都放着光明，簇拥我们前行。

就像有一天我在仁爱路的菩提树上，发现了一个小红蚂蚁的窝，它们缓缓在春天的菩提枝桠上蠕动，充满了生命清新的力量，正伸出触角，迎接经过漫长阴雨之后都城的新春。

对我们来说，那乱车奔驰的路侧，是不适于生存甚至不适宜站立的；可是菩提树，它们努力站立，长出干净的新绿；小红蚂蚁自在生存，欣然迎接早春；我们都是一样，默默不为人知地在都市的脉搏里流动的一丝清明之血。

从有蚂蚁窝的菩提树荫走到阳光浪漫的黄昏，我深深地震动了，觉得在乡村生活的人是生命的自然，而在都市里生活的人更需要一些古典的心情、温柔的心情，和一些经过污染还能沉静的智慧。这株黄昏的菩提树、树中的小蚂蚁，不是与我一起，在经历过污染之后，面对自己古典、温柔、沉静的心情吗？

黄昏时，那一轮金橙色的夕阳离我们极远极远，但我们一发出智慧的声音，它就会安静地挂在树梢上，俯身来听，然后我感觉夕阳只是个纯真的孩子，它永远不受城市的染着，它的清明值得被赞美。

每当我走完了黄昏的散步、将要归家的时候，我就怀着感恩的心情摸摸夕阳的头发，说一些赞美与感激的话。

感恩这人世的缺憾，使我们警醒不至于堕落。

感恩这都市的污染，使我们有追求明净的智慧。

感恩那些看似无知的花树，使我们深刻地认清自我。

最大的感恩是，我们生而为有情的人，不是无情的东西，使我们能凭借情的温暖，走出或冷漠或混乱或肮脏或匆忙或无知的津渡，找到源源不绝的生命之泉。

听完感恩与赞美，夕阳就点点头，躲到群山之背面，只留下满天羞红的双颊。

三好一公道

最近住在台北县的莺歌小镇，有一天到街上去，看到一家小面摊挂着一个大招牌“勇伯仔面摊”，旁边还有两行小字：“三好一公道：汤好·料好·服务好·价钱公道。”

看到这样的招牌感到格外亲切，站在招牌下细细地看着面摊，还有摊子上忙着招呼客人的老先生。然后我坐下来吃了一碗素米粉，果然是“三好一公道”，这样的小事使我那一天的心情都非常开朗，有一种光明、清净、温暖的感觉，就像月圆时的光芒一样。

亮亮，我在青年时代，曾在我们居住的这块土地上行脚，从大城到小村，从山崖到海滨，企图使自己的心灵与脚印落实在这块土地上。我想到，光是我吃过的叫作“勇伯仔”的面店或小摊就有十几个，他们共同的招牌或共同的心意就是“三好一公道”，当我坐在野风吹拂的乡间吃小摊子的时候，就感觉像“勇伯仔”，“三好一公道”这几个字简直是美极了。

向前奋进的一种形象

一直到现在，我用还带着下港乡音的台湾话念道："勇伯仔米粉，三好一公道"，想到可能有数十百家自称"勇伯仔"的摊子分布在我们这个岛上，心里就流动着一种难以言说的温暖。

"勇伯仔"象征的是台湾人永远向前奋进的一种形象，从前在乡下，我们对那些勇力过人的老人家，以及到年纪很大了还在农田奋斗的长辈，总会亲切地叫一声"勇伯仔"。这"勇伯仔"很像卖担担面的人在门口挂一盏灯笼写着"度小月"一样，早期的乡间生活艰难，农民渔民在忙碌的时间叫"大月"，较闲暇时则叫"小月"。所谓"度小月"，是农田的工作告一段落，农人依靠卖面来赚取生活的补贴。

现在，卖面的人都不再是农人"度小月"了，而且一个小面摊的收入就比一甲地的农田收入要好得多，年轻人宁可到都市摆摊卖面，也不愿意留在乡下耕田。"度小月"虽在时空中变质，但"勇伯仔"还没有，我偶尔到乡下的农田总会看见许多我们这个社会的"勇伯仔"卷起裤管在各地的角落打拼。

"三好一公道"则是农村社会里出自人心真诚的流露，记得台湾光复不久的乡间，我们可以打交道的店家很少，比较常来往的是杂货店。

当时的杂货店给我留下了一些深刻的印象，那个时候没有什么名牌，也没有商品标示，所有的东西都是装在大缸、大瓮、大罐里，像

真正的珍珠与水晶，是在人心，而不在橱窗。

有平等心时，俗气的珍珠顿时有了光芒，

失去了平等心，再明亮的水晶也与玻璃无异。

柴、米、油、盐、酱、醋、茶等都是用“打”的。小时候帮妈妈到杂货店去打油、打酒、打醋都是非常美好幸福的经验，我总提着瓶子，一路唱着歌到远在数百公尺外的杂货店去。

老板拿个大勺，漏斗架在瓶子上，一勺就把瓶子灌满了。

然后，他会拿一本簿子出来，叫我在上面签字，以便年底时一起结账。我签名的时候感觉到一种意外的欢喜，觉得自己已经成长了，可以为父母亲分劳。

存乎一心，童叟无欺

回想起来，那个时候的杂货店，除了外地人，本乡的人都是不付现的，全是签账，一年结算两次，有许多农人不识字，连自己的名字也不会写，那就全凭杂货店老板“存乎一心”了。在我长大的年岁从未听见过有交易上的纷争，可见那时候的人比较有天地良心，那时候的店则比较能“童叟无欺”。

农村签账的传统，我想是来自两个原因，一是农人的家里通常是没有现金的，他们要在一年两三次的收成里才有比较大笔的现金，因此现金交易变成不太可能，只好大家都赊欠。另一个原因是人与人之间互相的信任，买卖是站在一个互信的基础，买的人不认为会受骗，卖的人不认为会被倒，这种信任的态度是维持社会和乐最重要的基础。

比较起现在，有时就会感触良多，现代人所有的东西都有商品标识，却有许多是名不副实的，即使买东西时样样看标识，受骗的机会也非常多。这还是好的，任何人走进现代商店就会发现，大镜子、监视器到处都是，卖东西的人总是虎视眈眈，偶尔走进卖高级舶来品的店里，小姐们常常狗眼看人，流露出来的神情仿佛在说："哼！凭你这块料也敢到我们这种店来！"

亲爱的亮亮，我在生活里是个随便的人，常常穿着布鞋和一件老旧的衣服就上街了，可是又喜欢随兴而为，一不小心就会走进名牌的店铺乱逛，这时我知道冷眼与无知的鄙视一定是免不了的，我自己虽然一点也不在意，（我们的情绪为什么要受势利的眼睛影响呢？）不过，一想到台湾社会经过几十年的奋斗，乡下有那么多的"勇伯仔"，有那么多人在"度小月"，才有今天，而服务的品质却不进反退，就会令人伤心。

这可以说是"三好一公道"的失落。在现代社会，三好是品质好、制作好、服务好，一公道仍然是价钱公道。

缺少平等心的社会

我们的服务不能好，就是缺少一个平等心，顾客一进门时就已经分门别类，逢迎高的、鄙视低的，正是整个社会的病态。记得我有一次在日本旅行，朋友告诉我在东京银座有个世界最高级的珍珠店，我特地跑去参观，由于旅行的缘故，我那一天蓬头垢面，一点看不出与珍珠有任何关系。我一走进店里，店员全部对我鞠躬，表现了极亲切的欢迎，有一位甚至热心地为我介绍橱窗里最名贵的珍珠，我害羞极了，只好表明自己没有买珍珠的意图，但他们并不因此放弃，一直引导我参观过店里的珍珠，才鞠躬送我出来，还齐声说："噜摩·阿里阿多·狗踩麻薯。"

这种经验在台湾真是不可多得，有一次我到台北一家卖水晶的店去，有三位店员，其中两位对我冷眼相待，爱搭不理，有一位读过我的书，赶紧向其他两位说："他是一个作家呢！"没想到背后响起这样的声音："哎哟！我们店里的东西，作家也买不起呀！"

亮亮，你知道为什么日本商品如此强势，服务业勇冠全球吗？其实没有什么秘诀，原因正是"三好一公道"。我真想将来有钱的时候到银座的珍珠店去买一颗珍珠，而即使我有钱，也不愿在台北买冷冰冰的水晶。

真正的珍珠与水晶，是在人心，而不在橱窗。有平等心时，俗气的珍珠顿时有了光芒，失去了平等心，再明亮的水晶也与玻璃无异。

价钱在台北也逐渐成为迷幻的东西，根据消费者文教基金会的调查，台北的东西平均比其他大都市贵好几成，特别是号称高级的奢侈品，已经完全没有"公道"可言，可叹的是，人人习以为常，买更贵的东西，得到更坏的服务，就是今天台湾社会的真相。

为什么我们传统里好的"三好一公道"，在商业社会就瓦解了呢？那是因为我们认为商业就是这样，就是不择手段地赚钱，就是想尽办法掏空别人的荷包，忘却了商业行为里其实应该有人间的信任与公道，在买卖之间有人间的好。

维持人生的基本信条

今天我路过信义路，发现从前我受到冷嘲的那间水晶店已经倒闭了，使我感到叹息，想起使它倒闭的原因说不定不是水晶，而是店员。亮亮，现在正有更多的年轻人投入服务业，说不定将来你也会进入服务业，希望我们都能记住“三好一公道”，使这个社会有真正品质的提升，一个社会的优劣不是从购买力或高级的东西构成，而是由人的好品质构成的。

夜里，我到饶河街的夜市去买花生，卖花生的人也卖瓜子，还有进口的核桃、榛果、开心果，他很有耐心地叫我每一种都尝一尝，并且把核桃、榛果用夹子夹开让我品尝，最后我还是只买了五十元的花生米，他依然礼貌地向我致谢，这使我想起了乡间的小店，为之感动不已，知道即使是商人，也有许多人的心灵尚未失去光芒。

越接近重商的资本社会，人越容易向物质屈服、越容易受到环境的左右、心灵越快被俗化、冷化、非人化，使我们步行在七彩的霓虹之中，感到无力与孤寂，要使自己更卓越，其实就是维持一些人生的基本信条而已，像“三好一公道”就是很好的信条。

让我们做这个社会的“勇伯仔”，让我们成为心灵卓然的人，亮亮，一起来努力吧！

绿色宗教

一位种稻子的农夫告诉我，他的稻田正好在铁路两旁，在他的稻田里，那些最靠近铁路的稻子结穗总是最少的，有时甚至不能长得饱满。

我说："为什么呢？"

他说："火车来来去去吵死了，连稻子都被吵得不能长米了。"

他带我沿着稻田边的田埂，往铁路通过的地方走去。沿路我慢慢发现，越靠近铁路的稻子结穗越少，甚至稻叶也不那么翠绿了，尤其是紧贴铁路的一长排，叶子全成为灰灰的黄色，要枯萎的样子。

农夫边走边叹息说："不只是噪音影响稻子的成长，火车一过就震动了土地，还有火车的热气以及从车窗内丢下来的垃圾。"

然后他拾起稻田里的一些空罐头、塑料袋以及便当盒的空盒，边捡边看着田中的稻子，眼中充满了怜惜。

在农夫的眼中，稻子是非常娇嫩的作物，不是随便撒种就可以长大的，长大的稻子也不一定结出好的稻米。从育苗、插秧、灌溉、除草、施肥，一直到收割，过程的繁复辛苦，没有下过稻田的人是不能想象的。他说：“火车里随便一个人丢下便当盒，就可能压坏两三株稻子。”然后他痛心地说：“那些丢东西到田里的乘客，有许多还是农家子弟。”

我陪着农人在即将收割的稻田中捡拾从火车上丢下的残渣。捡干净的时候我们都累了，坐在铁轨的枕木边上，遥望着湛蓝的天和碧绿如翡翠、广大无边如海洋的稻田。稻田在风中摇曳，那些将熟的稻穗怀着累累的果实，在绿色的梢头摆舞。

眼见的景色是那样平凡，那一刻却仿佛有一种伟大的宣告——这是一片多美丽的大地！

农夫是年轻的农夫，看到亲手耕植的美丽稻田，却感伤了起来，淡淡地说：“这世界，还有比绿色更美丽的颜色吗？稻田是绿的，草是绿的，山也是绿的。有人会说红花比绿色好看，但没有绿色的背景，红花算什么呢？有人说白云比绿色好看，可是白云是无根的；有人说夕阳比绿色好看，可是夕阳那么短暂。只有绿色的美让我觉得扎实，只有绿色是大地中最恒久的颜色。”

由农夫口中说出来的普通话语，在那一刻，真是一首动人的诗歌，在我们眼见的世界里，真的只有绿色是大地恒久的颜色，不能体会绿色之美的人，就无法体会别的颜色了。我们看绿的当时，是南台湾最炎热的夏天，阳光如箭，可是因为我们的周围都是绿色，竟使我觉得无比清凉，我确信那是稻子的绿所带来的力量。

那些随意破坏绿色、污染绿色的人，不管他是无心还是有意，在这个时候都显得罪不可逭了。

在农夫的田里，我突然想起南北朝的一个故事：

司马道子有一天夜晚在书斋中看着窗外，当时整个天空一片清明，了无一丝云雾，月亮格外光明，他不禁赞叹不已。

在座的朋友谢重说："依我看来，不如微云点缀的好。"

司马道子回头对他说："你的心不干净，难道又要污染天空吗？"

这个故事告诉我们，在心理上污染天空都是可鄙的，何况是在实际上破坏了大地的绿呢？从农业社会的环境走出来，我们的绿色一日日缩小，因此更值得珍惜。光有爱护大地仍是不足的，必须心中先有绿意，才不会随意地破坏人最基本的资产。

在环境污染的过去，有许多重复的错误，最让学者谈论的，是一六〇七年英国法庭曾做出这样的判例：

被告龙克德在布里村内制造蜡烛，因而被控，指制烛发出恶臭，为害村民，因为它有毒，所以危险。本庭一致认为控词不成立，烛乃必需品，民生不可或缺，纵发恶臭，仍为国民所需，应予忍受……

由于早期英国法庭的这一判例，影响到后来对污染的看法——就是民生必需的制造业比污染问题还重要，于是一九五二年伦敦发生空前悲剧：空气严重污染，飞机停航，汽车停驶，湿度高达百分之百，温度在冰点以下，空气完全不能流动，连出勤的伦敦警察都得戴面罩保护肺部。有英国报纸描述："太阳没精打采地挂在昏沉沉的天空，就和一盏没点火的中国灯笼一样黯淡。"

最可怕的是，居民为了"民生必需"，继续把火炉、壁炉的煤烟不断排到已经不能流动的空气中。两个月内，伦敦一共死去一万两千人，动植物无一幸免——可见破坏自然的代价多么大，虽然英国人经过三百年才领受到这种教训。

我觉得，维护绿色不只是为了大地的美丽景观，而应该把它当成人类的宗教。在任何宗教里，不是都有爱生惜生的启示吗？这是一个恒久的宗教，即使小如火车驶过稻田所产生的问题，都值得我们深思，再也没有一种"民生所需"比绿色更不可或缺更重要了。

为陌生人落泪

吃完早餐，一边喝咖啡一边看早报，偶然看见一张新闻照片，彩色的，使我的胸腔和肠胃一阵翻腾。

那是一个父亲趴在两个女儿的身旁，他的双手紧抱住小女儿的腰际，大女儿的手还牵着小女儿。由于三个人是活活被浓烟呛死，因此皮肤上泛着不寻常的粉红色，死状十分凄惨。

我读着新闻，像惯常一样，用一种冷漠的态度，读着每天都在发生的这个社会的坏消息。原来是台北县树林镇黑珍珠卡拉 OK 店发生火警，死亡十人，重伤七人。照例，这是一家违规使用的卡拉 OK 店；照例，这家店前后被告发十三次、通知歇业六次，但它还在营业；照例，警方分析是人为的纵火，原因不明……

不照例的是，那抱着女儿要逃生的王鸿炳，是“义勇消防队”的一员，平时以开计程车为业，当天夜里开车到凌晨三点才回到家，四点发生火警，他从睡梦中惊醒，抱着小女儿要冲上四楼阳台，但楼顶的逃生铁门被锁住，（是谁锁住这要命的铁门？）他又抱着小女儿，

四楼顶的出口被封闭，

铁门前留下两双企图逃生者的脚印，

一双是大人的，

一双是小孩的。

牵着大女儿冲向阳台，来不及打开落地窗就不支倒地，一起走向黄泉路。

火灾过后，消防队员检查火场，发现四楼顶的出口被封闭，铁门前留下两双企图逃生者的脚印，一双是大人的，一双是小孩的，消防人员看着这两双脚印也忍不住落泪。

读到这里，我的眼泪忍不住流了下来，眼前仿佛出现一个焦急的父亲，在浓烟与大火中奔逃，紧紧抱着女儿，力尽了，然后在黑暗中颓倒在滚烫的石板上。

如果，“县政府”的人都能依照法规，严格执行，不让违规卡拉OK营业，这疼爱女儿的父亲与两位黄金年华的少女，不会悲惨地死去。

如果，商人不为了牟利，被勒令歇业还继续营业，这样的惨剧不会一再发生，每个月都发生好几起。

如果，居住的人不为了自己的方便，随意加装铁锁铁门，不会陷别人枉死。

如果，纵火的人不丧失心神，把别人送入火坑，那该有多好！

如果，这些都已经发生，而父女能够平安无恙，又有多好？

这么多的如果，都随火焰烧向无情的天空。

我们不禁要想，这半年来在公共场所被火灾夺去宝贵生命的人，到底谁应该负起良心的责任？纵火者当然是罪魁祸首，但违规营业的卡拉OK业者也难辞其咎，执行公权力的台湾当局则是帮凶。那些六度去函停业，而一直没有去执行的人，半夜扪心，是否能安然地睡去呢？

每一个在公共场所罹难的人，都有可能是我们的亲戚朋友，大家应该建立起“无缘大慈，同体大悲”的观念，不能漠视、坐视、无动于衷。对于那些违规的餐厅、卡拉 OK、特种营业、电动玩具店等，应该共同抵制其存在，才有可能创建“祥和的社会”。

我把这一张火场拍下的照片盖起来，内心依然涌动着沉痛。

我一直反对新闻媒体刊登过分残酷、凄惨、煽情的照片，特别是对那些已死的人，我们要有更深的尊重，不应把死者的惨状暴露在大众面前。

即使是最冷漠的新闻人，对死去的人也应有肃穆、庄重、怜悯之情呀！

忧伤之雨

下雨的时候走在街上，有时会不自觉地落下泪来，心里感到忧伤。

有阳光的时候走在街上，差不多都能保持愉快的心，温暖地看待世界。

从前不知道原因何在，后来才知道，水性不二，我们心中的忧伤不就是天上的雨吗？明性也不二，我们心中的温暖就会与阳光的光明相映。

下雨天特别能唤起我们的悲心，甚至会感觉到满天的雨也比不上这忍苦世间所流的泪。

由于世间是这样苦，雨才下个不停。我相信，在诸佛菩萨的净土一定是不下雨的，在那里，满空的光明里，永远有花香随着花瓣飘飘落下。

在苦痛的时候，我们真的可以感受到每一滴雨水，都是前世忧伤的泪所凝结。

雨，是忧伤世间的象征，

使我看见了每一位雨中的行人，

心里都有着不为人见的隐秘的辛酸。

雨，是忧伤世间的象征，使我看见了每一位雨中的行人，心里都有着不为人见的隐秘的辛酸。

但想到我们今生落下的每一滴泪，在某一个时空会化成一粒雨珠落下，就感到抬头看见的每一颗雨珠都是我们心田的呈现。

下雨天的时候，我常这样祈愿：

但愿世间的泪，不会下得像天上的雨那样滂沱。

但愿天上的雨，不会落得如人间的泪如此污浊。

但愿人人都能有阳光的伞来抵挡生命的风雨。

但愿人人都能因雨水的清洗而成为明净的人。

这样许愿时，感觉雨和泪都清明了起来。

这样许愿时，使我知道，娑婆世界的雨也是菩萨悲心的感召。

水中的金影

从前有一个人走过大池塘边，看到水底有金色的影子，很像黄金。

他立即跳入水里要找那黄金，他把水中的泥土一捧一捧地捞起来，一直到把整个池塘弄得混浊不堪，自己又疲累得要命，只好爬回岸边休息。过了一会儿，池水清澈之后，又看到那金色的影子。

他又进去捞，仍然捞不到，这样来回三四次，自己已经疲累不堪。他的父亲看他久出未归，就跑出来寻找，最后在池边找到他，看他疲累不堪，就问他："你为什么把自己弄得这么疲困呢？"

他说："这水底有真金，我明明看见的，可是找了三四趟都没有捞到，才弄得这么疲困。"

父亲仔细地凝视水底真金的影子，立刻知道那金子是在岸边的树上，为什么会知道呢？因为影子既然在水底，金子就不会在水底，影子乃是金子的投射。

后来，他听了父亲的话到树上一找，果然找到金子，父亲就说："这可能是飞鸟衔金，掉落到树上的！"

这是释迦牟尼佛在《百喻经》里讲的"见水底金影喻"，是用来解释无我的空性的，最后，佛陀说了一首偈：

凡夫愚痴人，无智亦如是。

于无我阴中，横生有我想。

如彼见金影，勤苦而求觅，徒劳无所得。

我很喜欢这个故事，因为它充满了优美的譬喻与联想，我们因为执着于"我"，于是拼命追求，就好像一直扰动真实的净水，而失去生命的实相。当我们以水中的金影当成真实的时候，我们就会一再地跃入水中，到最后只剩下一身的徒劳，什么也得不到。

如果水中的金影到最后令我们发现树上的黄金，那还是好的，最怕的是看见了夕阳的倒影就跳入水中，找了半天一上岸，天色就黑了。

我们如果时常反思人的欲望，会发现现代人的欲望比从前的人复杂强烈得多，生之意趣也变得贫乏得多。为什么呢？因为一来追求的事物多了，人人都变得忙碌不堪；二来生命的永不餍足，使人无法静思；三来所掌握的东西，都是短暂虚幻不实的。

有很多人认为现代人比古代人富有，其实不然，真正的富有是一种知足的生活态度，有钱而不知足的人并不是富有，能安于生活的人才是富有。

于是，我们看到了，现代人住在三十坪的房子，觉得要五十坪才够。有汽车开了，还追求百万的名车。吃得饱穿得暖，还要追逐声色。到最后，还要一个有排场的葬礼和一块山明水秀的墓地。

于是，我们夜里在庭院聊天的生活没有了，我们在田园里散步的兴致没有了，我们和家人安静相聚的时间没有了，我们坐下来省思的时间没有了。到最后，连生命里的一点平安都没有了。

从前在农村社会，年纪大的人都可以享受一段安静的岁月，让生命得到安顿。现在的老年人，非但不知道黄金在树上，反而自己投身于水中金影的捕捞了，我们看到了全身瘫痪还不肯退休的人，看到了更改年龄以避免退休的人，看到了七八十岁还抓紧权力、名位不肯轻放的人！老人不能把静思的智慧留给世界，还跳入水里抓金，这是现代社会里一种令人悲哀的局面。

我常常想，这个世界的人，钱越多越是赚个不停，人越老越是忙个不停，我真不知道，大家是不是有时间来善用所赚的钱，是不是肯停下来想想老的意义。

停下脚步，让扰动的池水得以清净吧！

抬头看看，让树上的真金显现面目吧！

围炉一束

在偶然间得到一本清朝咸丰年间王永彬所著的《围炉夜话》，这本书在坊间并不多见，它的性质和《菜根谭》类似，但比起《菜根谭》的普遍流传相差甚远。

《围炉夜话》，顾名思义有一点像炉边闲话之类，据王永彬在书前的引言说："寒夜围炉，田家妇子之乐也。顾篝灯坐对，或默默然无一言，或嬉嬉然言非所宜言，皆无所谓乐，不将虚此良夜乎？余识字农人也，岁晚务间，家人聚处相与烧榾、煨山芋，心有所得，辄述诸口，命儿辈缮写存之，题曰《围炉夜话》。"

王永彬自称为识字农人，他的生平也已不可知，但可以看出他是中国传统耕读传家的知识分子，这本书是他晚年的作品，也可能是他生平留下的唯一著作。因此，《围炉夜话》乃不是知识的传递，而是生活智慧的累积，其中有很多具启示性的见解，我觉得颇堪作为修身养性的格言，在这里选录一束，并加上一些简短的说明：

稳当话，却是平常话，所以听稳当话者不多。

本分人，即是快活人，无奈做本分人者甚少。

一个人必须平常，才会稳当，也必须守本分，才会快活。当然，在这个社会上，由于浮夸成风、肤浅成性，说稳当话的人不一定能得到立即的成功，只守住自己本分的人也可能不会有辉煌的日子，可是不管社会怎么变，真正能在生活里得到快乐，不致被虚华所迷惑的，永远是那些安常守分的人。

风俗日趋于奢淫，靡所底止，安得有敦古朴之君子，力挽江河？

人心日丧其廉耻，渐至消亡，安得有讲名节之大人，光争日月？

打开报纸的社会版，是现代人每天最心惊的经验，才短短没有几年的时间，台湾社会已经沦落到可怕的地步，社会风气的败坏已不仅在都市，连最偏远的乡间也习染恶习，许多人为了奢侈淫逸，断丧了廉耻，都已经到最谷底了。处在这样的风俗人心里面，人人都期待有大人君子出来挽救，我们的大人君子夜晚扪心能不警惕？而我们的青年，有多少人立志做挽江河、争日月的人呢？

存科名之心者，未必有琴书之乐。

讲性命之学者，不可无经济之才。

在中国传统里，知识分子大部分都以追求通识为理想，而不使自己成为只知一行的狭隘专才。但是也有一些文人，心存科名，使他们不能知道生活真正的品味与快乐；而另外一些讲性命之学的文人，往往不务正业，或无经济之才而依附于社会。这些都不是中道，所以做一个存科名、讲性命的知识分子，也要是会生活、能实践的人才好。此所以“看书须放开眼孔，做人要立定脚跟”。

气性不和平，则文章事功，俱无足取。

语言多矫饰，则人品心术，尽属可疑。

时常有人问我写文章的方法，好像写文章这件事是多么重要，其实就一篇作品而言，写文章只是最末的一个枝节，培养一个大的和平的性灵世界，文章才是有可为的，否则千思万想也写不出好文章。因为文章与语言一样，是人心灵世界的流露，如果没有正思维、正知见的性灵，不论文章语言多么着力，都是矫饰罢了。这本书里又说：“有真性情，须有真涵养。有大识见，乃有大文章。”也是这个道理。

观朱霞，悟其明丽；观白云，悟其卷舒；观山岳，悟其灵奇；观河海，悟其浩瀚；则俯仰间皆文章也。

对绿竹，得其虚心；对黄花，得其晚节；对松柏，得其本性；对芝兰，得其幽芳；则游览处皆师友也。

在我们生活的周遭，几乎没有一件事物是没有意义的，只是由于我们的心灵粗糙，很难在事物中找到意义，或在生活里找到智慧，因此，要提升我们对生活的观照与慧解，重要的不是去改变生活的内容，而是改造心灵与外物的对应，能与外在世界对应的人，则一株草、一点露，乃至雪月风花，无一不是智慧的启发。这本书里还说："莲朝开而暮合，至不能合，则将落矣，富贵而无收敛意者，尚其鉴之。草春荣而冬枯，至于极枯，则又生矣，困穷而有振兴志者，亦如是也。"这不正是从小草和莲花所体会的智慧吗？

愁烦中具潇洒襟怀，满抱皆春风和气。
暗昧处见光明世界，此心即白日青天。

一个人的一生，永远没有愁烦和黑暗时期，是不可能的，每个人在生命中的经验，恰如是潮汐波浪，兴起而又衰落。大部分人总是善于处在快乐和光明的时刻，而不善于愁烦与黑暗的时刻，甚至有许多一落入愁烦就崩溃、一堕入黑暗就失去光明的心，所以在胸襟上有开阔的气概，在心性上有追求光明的坚持，是多么的必要！这本书里还说："心静则明，水止乃能照物。品超斯远，云飞而不碍空。""澹如秋水贫中味，和若春风静后功。"都是在说明心的明净和品格的高洁，比一个人所经历的考验重要得多。

意趣清高，利禄不能动也。

志量远大，富贵不能淫也。

比起古代来，现代人受教育的机会很多，可悲的是，道德与教育似乎并不相关，许多高等知识分子，常为了小小的利禄而丧心败节，更不用说大富贵了，很少人能不为之目眩神摇的。所以，意趣与志量似乎比教育有力量，一个人有清高的意趣，则安贫乐道，利禄于我何有哉？有远大的志量，则胸怀天下，富贵于我如浮云！如何才能意趣清高、志向远大呢？《围炉夜话》里说："教子弟于幼时，便当有正大光明气象。检身心于平日，不可无忧勤惕厉工夫。"

家纵贫寒，也须留读书种子。

人虽富贵，不可忘稼穑艰辛。

台湾有一句俗语说："有钱不会超过三代。"那是因为富贵人家的子弟，很容易忘记财富来之不易，而失去了奋斗精神，最后，他们的富贵就会转到有奋斗精神的人家。

中国有一个传统，就是农业社会的"耕读传家"，因为光是耕，容易使人失去胸怀与志向；而光是读，容易使人忘失性命之学与经济之才。唯有耕读，才能进可攻，退可守，处贫寒之际也有远大的目光。

人犯一苟字，便不能振。

人犯一俗字，便不可医。

苟且偷安的人，不可能振起什么壮志雄心，所以行事为人不能苟且地过日子，才能改心革面、贡献社会。但是，一丝不苟的人常会渝于俗气，什么病都可以医治，唯有俗病是无可救药的，所以在不苟且中间须有雅致，否则便容易成为俗人。

不苟且、不俗气，是现代生活的两脚，不苟且的人才能立定脚跟，不俗气的人才能放怀天下。

用岁月在莲上写诗

那天路过台南县白河镇，就像暑天里突然饮了一盅冰凉的蜜水，又凉又甜。

白河小镇是一个让人吃惊的地方，它是本省最大的莲花种植地，在小巷里走，在田野上闲逛，都会在转折处看到一田田又大又美的莲花。那些经过细心栽培的莲花竟好似是天然生成，在大地的好风好景里毫无愧色，夏日里格外有一种欣悦的气息。

我去的时候正好是莲子收成的季节，种莲的人家都忙碌起来了，大人小孩全到莲田里去采莲子。对于我们这些只看过莲花美姿就叹息的人，永远也不知道种莲的人家是用怎么样的辛苦在维护一池莲，使它开花结实。

“夕阳斜，晚风飘，大家来唱采莲谣。红花艳，白花娇，扑面香风暑气消。你打桨，我撑篙，欸乃一声过小桥。船行快，歌声高，采得莲花乐陶陶。”我们童年唱过的《采莲谣》好像白河的一个梦境，因为种莲人家采的不是观赏的莲花，而是用来维持一家生活的莲子。莲田里也没有可以打桨撑篙的莲舫，而要一步一步踩在莲田的烂泥里。

采莲的时间是清晨太阳刚出来或者黄昏日头要落山的时分，一个个采莲人背起了竹篓，带上了斗笠，涉入浅浅的泥巴里，把已经成熟的莲蓬一朵朵摘下来，放在竹篓里。采回来的莲蓬，先挖出里面的莲子，莲子外面有一层粗壳，要用小刀一粒一粒剥开，晶莹洁白的莲子就滚了一地。

莲子剥好后，还要用细针把莲子里的莲芯挑出来，这些靠的全是灵巧的手工，一粒也偷懒不得，所以全家老小都加入了工作。空的莲蓬可以卖给中药铺，还可以挂起来装饰；洁白的莲子可以煮莲子汤，做许多可口的菜肴；苦的莲芯则能煮苦茶，既降火又提神。

我在白河镇看莲花的子民工作了一天，不知道为什么，总觉得种莲的人就像莲子一样。表面上，莲花是美的，莲田的景观是所有作物中最美丽的景观，可是他们工作的辛劳和莲芯一样，是苦的。采莲的季节在端午节到九月的夏秋之交，等莲子采收完毕，接下来就要挖土里的莲藕了。

莲田其实是一片污泥，采莲人要防备田里游来游去的吸血水蛭，莲花的梗则长满了刺。我看到每一位采莲人的裤子都被这些密刺划得千疮百孔，有时候还被刮出一条条血痕，可见得依靠美丽的莲花生活并不是简单的事。

小孩子把莲叶卷成杯状，捧着莲子在莲田埂上跑来跑去，才让我感知，再辛苦的收获也有快乐的一面。

人世里一件最平凡的事物也许是我们永远难以知悉的，

即使微小如莲子，

都有一套生命的大学问。

莲花其实就是荷花，还没有开花前叫“荷”，开花结果后就叫“莲”。我总觉得两种名称有不同的意义：荷花的感觉是天真纯情，好像一个洁净无瑕的少女，莲花则是宝相庄严，仿佛是即将生产的少妇。荷花是宜于观赏的，是诗人和艺术家的朋友；莲花则带了一点生活的辛酸，是种莲人生活的依靠。想起多年来我对莲花的无知，只喜欢在远远的高处看莲、想莲；却从来没有走进真正的莲花世界，看莲田背后生活的悲欢，不禁感到愧疚。

谁知道一朵莲蓬里的三十个莲子，是多少血汗的灌溉？谁知道夏日里一碗冰冻的莲子汤是农民多久的辛劳？

我陪着一位种莲人在他的莲田逡巡，看他走在占地一甲的莲田边，娓娓向我诉说一朵莲要如何下种、如何灌溉、如何长大、如何采收、如何避过风灾、等待明年的收成时，觉得人世里一件最平凡的事物也许是我们永远难以知悉的，即使微小如莲子，都有一套生命的大学问。

我站在莲田上，看日光照射着莲田，想起“留得残荷听雨声”恐怕是莲民难以享受的境界，因为荷残的时候，他们又要下种了。田中的莲叶坐着结成一片，站着也叠成一片，在田里交缠不清。我们用一些空虚清灵的诗歌来歌颂莲叶何田田的美，永远也不及种莲的人用他们的岁月和血汗在莲叶上写诗吧！

寻找从前的眼泪

铅泪结，如珠颗颗圆；

移时验，不曾一颗真。

——澹归禅师

我走到一条分岔路口，遇见一位老先生在路口奉茶。

路口太热了，我讨了一杯茶喝，看见两条分岔路的路头各种了一株高大的树，左边的是樱花，右边的是玉兰花。

“这两条路是通往哪里？”我问。

老者说：“左边的这一条是要寻找从前的眼泪，右边这一条是要寻找未来的笑容。”

“哪一条比较热闹呢？”

“当然是右边这一条了！寻找从前的眼泪的人很少，大部分人都在找未来的笑容。”

我一边喝茶，一边寻思，我一向不爱走人迹热闹的路，喜欢走孤独的小径，于是谢了老者的茶，往左边的路，去寻找从前的眼泪。

通往从前的眼泪之路，沿路都是落樱，刚谢落的樱花，使小路形成了一种凄楚的美，恍然若梦，而我走在梦里。

但是，那一条路，很短、很短，路很快就断了，横在尽头的是一条大河，河水奔腾，向不可知的远方流去，我不明所以地站在河边，哪里才是从前的眼泪呢？

突然瞥见河边的标示："泪河——所有人的眼泪，共同的流向。"

我的心里涌起一段对话：

佛陀：是你们无穷的身世里所流的眼泪多呢，还是四大海的水多？

弟子：世尊！是我等的泪比四大海的水多！

佛陀：善哉！善哉！

若能汇集遥远身世以来的、从前的眼泪，一定也多过眼前这奔流的大河呀！站在河边茫茫水雾中的我，忧伤地想着。

突然，我从迷茫的睡梦中醒来，呀呀！原来是一场梦。

梦的暗示有时比实际人生更真实。

从前的眼泪不论有多么真切，晶莹、圆润、硬朗，一如珍珠，时空一过，尽成幻化，没有一颗是真实的。可叹我们总留在泪海里，我们永浴爱河，在爱与泪的河水里泅游，不能解脱。

若有那么一天，我们不再泅游，不再沉沦，不再寻找从前的眼泪，那一刻的觉察，或者就是悟了。

悟了，是不是就在走向未来的笑容呢？我不知道，问一问路头那一株玉兰花吧！

梦幻泡影

一切有为法，

如梦幻泡影，

如露亦如电，

应作如是观。

——《金刚经·佛告须菩提》

香港有一首生日歌，其中的两句是“愿你年年有今日，岁岁有今朝”，虽是生日祝愿之词，听了却叫人暗暗心惊。年年有今日，岁岁有今朝不是很自然的事吗？何必当成一种祝愿呢？

不幸的是，很多人不能年年有今日，岁岁有今朝，因为有的人等不到明年生日就已经离开这个尘世了，还有的人虽不致如此，却是年年境遇改变，将来不一定有今日的境遇了。当然，最可以肯定的是年年的今日都比今年的今日要老去了。

有时，做这样的观想会使我们冷汗直冒：就以生命而言，我们从婴儿而童年、而少年、而青年、而中年，很快就要步入老年，几乎每一天每一月都离死亡更近了。我们偶尔想起近事，去年，乃至昨日，都仿佛是飞驰而过，一下子就去得很远。而我们认识的人，有比我们老的，与我们相同年纪，甚至比我们年轻的人已经去世了，再也寻找不到他们的踪影。

生命是如此无常，伴随生命的事件就更不可把握了，我们看见恩爱的情侣瞬间反目，我们看见贫贱的人突然暴富，我们也看见了达官贵人遽然身败名裂。

如果我们真实地观想到生命所能想象或感受，乃至创造的世界（有为法），就会知道我们不能确定将来会发生什么事，因为没有一件事能超越无常，没有一件事能超越变灭，别人的境遇会改变，我们也会！别人会老会死，我们也会——这样想来，当我们说“年年有今日，岁岁有今朝”就变成一个伟大而不可企及的愿望了。

佛陀说：“一切有为法，如梦幻泡影，如露亦如电，应作如是观。”是真切地说出了无常，也告诉我们，人没有多余的时间和精神在有为法中住留和追求，人应该更努力来开启悲心的发展和空性的证得。

因此，我们没有时间消极颓丧，而应该奋起精进，不要一生都在梦幻泡影、如露如电中过去。有一位修行人说过两句话，值得背诵，他说：

“时时可死，步步求生！”

这才是了透无常，一等一的修行。

初渡河

几年前牯岭街旧书摊还没有拆除的时候，我曾花了十元在那里买到一本书，书名《裨海纪游》，是清代郁永河到台湾旅游的游记。

当时读《裨海纪游》正是台湾乡土热潮掀起之时，这本书给我的感动并非它用什么惊人的笔触描述台湾，而是它记录了郁永河以木船横渡海峡、深入蛮荒的精神。如今夜里重读，发现可贵的不仅是精神，还是一条长远的足迹——这足迹可以追踪到我们土地的拓荒脐带。

郁永河是浙江人，他居住福州的时候，因为福州的火药库爆炸，炸毁火药五十余万斤。那时福州又缺乏制造火药必不可缺的硫磺，素喜旅游的郁永河便自告奋勇地率队到台湾采硫磺，在当时荒土遍地的台湾历经九个月的千辛万苦，终于采回五六万斤的硫磺。

郁永河以步行和乘牛车走过的足迹令人惊叹。他走过的地方包括今天的台南、新市、安定、麻豆、下营、嘉义、民雄、斗南、柴里、社头、彰化、大肚、沙鹿、清水、大甲、苑里、通霄、后龙、新竹、南崁、八里、淡水、关渡，几乎台湾西岸自台南以北都走遍了。那是一六九六年的事，披荆斩棘的艰苦过程可以想见。

我常常想，郁永河怎么会有那么大的勇气横渡大洋到台湾来呢？那时的木船还是烧煤炭的！后来我才知道，三百年前的台湾海峡并不叫台湾海峡，而叫作“黑水沟”，在最靠近金门的地方叫“红水沟”，这个名词现在想起来颇有深长的意义。对于长在唐山的人来说，那时的印象中，到台湾竟不是要横渡“海峡”，只是航行过一条“水沟”。我觉得这大概也是沿海居民前仆后继来台拓荒的最大力量。

如今交通便捷，从台湾的最南走到极北也不过是一天的路途，但是有多少人走过比郁永河更多的台湾呢？我认识许多朋友，他们年年去海外，对海外的风土人情如数家珍，足迹几乎踏遍世界，可是提起台湾，竟没有去过东部和南部，对本土的地名也显得陌生，更不用提山胞部落和离岛风土了。这样想时，更令我怀念起郁永河和他沉默而坚毅的步履。

说到先民到台湾，并非只是“木船渡乌水”这么简单的事，其中有对光明远景的期盼和坚强的自我信念。郁永河在台湾的海面上曾赋过一首诗：

浩荡孤帆入杳冥，碧空无际漾浮萍；
风翻骇浪千山白，水接遥天一线青。
回首中原飞野马，扬舲万里指晨星；
扶摇乍徙非难事，莫讶庄生语不经。

这时的郁永河充满了浪漫情怀，觉得渡海入台并不是困难之事，只是感受到海天浩渺之美。但是等他到了赤崁城下，看到险恶的风浪，也不免大为感叹：

铁板沙连到七鲲，鲲身激浪海天昏；
任教巨舶难轻犯，天险生成鹿耳门。

我们可以想象郁永河自福州航行之前所下的决心，虽是一条“黑水沟”，在初渡的时候也不是轻易之事。由于有了初渡的决心，他所率领的一群人才能走遍台湾南北，为我们留下许多可贵的历史记录。

郁永河所采集的硫磺后来到底在福州派了什么作用，我们并不清楚。即使有作用，他对福州的贡献仍是小的；但是他走过前人未曾走过的蛮荒，对于台湾开发的贡献却至为伟大——可以说，他的目的是为了采硫磺，最后在历史地理上留下的不是他的目的，而是他的过程。

因此，《裨海纪游》和郁永河的故事给我们最大的启示是关乎人生的，在人生的经验里，所有珍贵的过程就是一连串的渡河，最珍贵的往往是渡河的勇气与毅力。因为没有渡河，就只能看到此岸的风景，永远不能感知对岸的美景和天光。郁永河，字沧浪，他的名和字都取得很好，是一条“永远的河流”，流了三百年，我们现在还能遥想到那河流的力量。

“河的对岸”是吸引我们的，可惜有些人一辈子都不敢过河。“乡土的情怀”是时常被挂在嘴边的，但是有些人一辈子没有从南到北、从东到西地在台湾走一趟，那么，再好的河，再优美的乡土都是惘然。

我想起佛经里释迦牟尼的一段“说法”，他说：“有人在旅行时遇到一片大水，这边岸上充满危机，水的对岸则安全无险。他想：‘此水甚大，此岸危机重重，彼岸则无险。无船可渡，无桥可行，我不免采集草木枝叶，自做一筏，当得安登彼岸。’于是那人采集草木枝叶做了一只木筏，靠着木筏，他安然抵达对岸，他就想：‘此筏对我大有助益，我不妨将它顶在头上，或负于背上，随我所之。’”

释迦牟尼说完这个故事，下了一个结论：“这人应该将筏拖到沙滩上，或停泊某处，由它浮着，然后继续行程，不问何之。因为筏是用来济渡的，不是用来背负的。世人呀！你们应该明白好的东西都应舍弃，何况是不好的东西呢？”

渡河真是不难，达摩以一苇就能渡江，郁永河以木船过台湾海峡，我们三百年前的先民无一不是以木船和风浪搏斗，为我们建设最早的家园。问题是渡河前的决心，以及渡河后是否无悔。只有决心加上无悔的初渡，才是永远能出发的心情。

无风絮自飞

在我们家乡有一句话，叫“菜瓜藤，肉豆须，分不清”，意思是丝瓜的藤蔓与肉豆的茎须一旦纠缠在一起，是无法分辨的。

因此，像兄弟分家产的时候，夫妻离婚的时候，有许多细节部分是无法处理的，老一辈的人就会说：“菜瓜藤与肉豆须，分不清呀！”还有，当一个人有很多亲戚朋友，社会关系异常复杂的时候，也可以用这一句。以及一个人在过程中纠缠不清，甚至看不清结局之际，也可以用这一句来形容。

住在都市的人很难理解到这九个字的奥妙，因为他们没有机会看到丝瓜与肉豆藤须缠绵的样子。乡下人谈到人事难以厘清的真实情境，一提到这句话都会禁不住莞尔，因为丝瓜与肉豆在乡间是最平凡的植物，几乎家家都有种植。我幼年时代，院子的棚架下就种了许多丝瓜和肉豆，看到它们纠结错综，常常会令我惊异，真的是肉眼难辨，现在回想起来，感觉到现代人复杂难以厘清的人际关系，确实像这两种植物藤蔓的纠缠，想找到丝瓜与肉豆的根与果是不难的，但要在生长的过程分辨就非常困难了。

有一次我发了笨心，想要彻底地分辨两者的不同，却把丝瓜和肉豆的茎叶都扯断了。父亲看见了觉得很好笑，就对我说："即使你能分辨这两株植物又有什么意义呢？你只要在它们的根部浇水施肥，好好地照顾让它们长大，等到丝瓜和肉豆长出来，摘下来吃就好了，丝瓜和肉豆都是种来食用的，不是种来分辨的呀！"

父亲的话给我很好的启示，在人生一切关系的对应上也是如此，一个人只要站稳脚跟，努力地向上生长，有时不免和别人纠缠，又有什么要紧呢？不忘失自己立场与尊严，最后就会结出果实来，当果实结成的时候，一切的纠缠就不重要了。

另外一个启示就是自然，万事万物都有其自然的法则，依循这自然的发展，常常回头看看自己的脚跟，才是生命成长正常的态度。种什么样的因会结出什么样的果，是必然的，丝瓜虽与肉豆无法分辨，但丝瓜是丝瓜，肉豆是肉豆，这是永远不会变的，我们能做的就是让丝瓜长出好的丝瓜，让肉豆结出肥硕的肉豆！

丝瓜是依自然之序而生长结果，红花是这样红的，绿叶也是这样绿的，没有人能断绝自然而超越地活在世界，此所以禅师说："不雨花犹落，无风絮自飞。"花与絮的飞落不必因为风雨，而是它已进入了生命的时序。

日本的道元禅师到中国习禅归国后，许多人问他学到了什么，他说："我已真正领悟到眼睛是横着长，鼻子是竖着长的道理，所以我空着手回来。"

万事万物都有其自然的法则，

依循这自然的发展，

常常回头看看自己的脚跟，

才是生命成长正常的态度。

听到的人无不大笑，但是立刻他们的笑声都冻结了，因为他们之中没有人知道为何鼻子竖着长而眼睛横着长，这使我们知道，禅心就是自然之心，没有经过人生庄严的历练，是无法领会其中真谛的呀！

思想的天鹅

有时候我在想，人的思想究竟是像什么呢？有没有一种具象的事物可以来形容我们的思想？

偶尔，我觉得思想像彩色的蝴蝶，在盛开的花园中采蜜，但取其味，不损色香。而这蝴蝶不能在我们预设的花园中飞翔，它随风翻转，停在一些我们不能考察的花丛中，甚至让我们觉得，那蝴蝶停下来时有如一株花。

偶尔，我觉得思想犹如海洋，广度与深度都不可探测，在它涌动的时候，或者平缓如波浪，或者飞溅如海啸，或者反映蓝天与星光，只是，思想在某些时候会有莫名的力量，那像是渔汛或暖流、黑潮从不知的北方来到，那可能就是被称为“灵感”的东西。

偶尔，我觉得思想像是《诗经》中说的“鸢飞戾天，鱼跃于渊”的鸢或是鱼，上及飞鸟下至渊鱼，无不充满了生命力、无不欢忻悦豫，德教明察。鸢鸟的眼睛是最锐利的，可以在一千米以上的高空，看见茂盛草原上奔跑的一只小鼠；鱼的眼睛则永远不闭，那是由于海中充满凶险，要随时改变位置。

不过，蝴蝶的翅力太弱，生命也太短暂；而海洋则过于博大，不能主宰；鸢呢？鸢太过强猛，欠缺温柔的品质；鱼则过于惊慌，因本能而生活。

如果愿意给思想一个形象，我愿自己的思想像天鹅一样。天鹅的古名叫“鹄”，是吉祥的鸟，是“燕雀安知鸿鹄之志”中的那种两翼张开有六尺长的大鸟，它生长于酷寒的北方，能顺着一定的轨迹，越过高山大河到达南方的温暖之地。它既善于飞翔，也善于游泳；它性情温和，而意态优雅；它善知和群，能互相守望；它颜色分明，非白即黑；它能安于环境，不致过分执着……天鹅有许多好的品性，它的耐力、毅力与气质，都是令人倾倒的。芭蕾舞剧《天鹅湖》中，对情感至死不渝的天鹅，不知道让多少人为之动容。

我愿意自己的思想浩大如天鹅之越过长空，在动荡迁徙的道路上，不失去温和与优雅的气质。更要紧的是，天鹅是易于驯养的，使我不至于被思想牵动，而能主引自己的思想，让它在水草丰美的湖滨自在优游。

据说，驯养天鹅有两个方法，一个是把天鹅的一边翅膀修剪，使它失去平衡不能飞，它就会安住于湖边。另一个方法是，把天鹅养在一个较小的池塘里，由于天鹅的起飞，必须先在水中滑翔一段路途，才能凌空而去，若池塘太小，它滑翔的路程太短就不能起飞了。从前，欧洲的动物园用前一个方法驯养天鹅，后来觉得残忍，而且天鹅展翅的时候很丑陋，所以现在都用后面的方法。

我愿意自己的思想浩大如天鹅之越过长空，

在动荡迁徙的道路上，

不失去温和与优雅的气质。

驯养思想的天鹅似乎不必如此，而是确立一个水草丰美的湖泊作为天鹅的家乡，让它保持平衡的双翼（智慧与悲悯），也让它有广大的湖泊（清明的自性），然后就放心地让它展翅翱翔吧！只要我们知道天鹅是季候之鸟，不管它是飞到万里之外，它在心灵中永远不会忘记自己的家乡，经过数万里时空，在千百劫里流浪，有一天，它就会飞回它的家乡。

传说从前科举时代有一段时间，凡是到京城应试的士子都要穿“鹄袍”，译成白话就是要穿“天鹅服”，执事的人只要看见穿白袍的人就会肃然起敬，因为那些穿着白衣的年轻孩子，将来会有许多位至公卿，是不可轻视的。佛教把居士称为“白衣”，称为“素”，也是这个意思。

思想的天鹅也像是身穿白袍的士子，纯洁、青春，充满了对将来的热望，在起飞的那一刻不能轻视，因为它会万里翱翔，主宰人的一生。

在我的清明之湖泊，有一只时常起飞的天鹅，我看它凌空而去，用敏锐的眼睛看着世界，心里充满对生命探索的无限热诚。我让那只天鹅起飞，心里一点也不操心，因为我知道，天鹅有一个家乡，它的远途旅行只是偶然的栖息，它总会飞回来，并以一种优雅温柔的姿势，在湖中降落。

一念一念，如是如是

—

中篇

—

念念清明

一个人的人格伟大固可敬佩，

但可敬佩的人格常来自偶然的一念，就是心念自然态度的流露，

偶然的一念看来不甚重要，但往往能透露人心灵的深度。

净土之风

不知道是怎么飞来的，也不知道是何时飞来的，阳台的砖缝长出了一棵番茄树。

在这无土无水的都市阳台长出一棵番茄树使我讶异，但更令我惊奇的是，这番茄树竟在深秋长出了红艳艳的果实。

番茄树的种子如果有选择，应该会选择那些土地肥沃的田园吧！它是偶然落在阳台的，完全不是它选择的。

不能选择土地的不只是番茄的种子。荒冢的马樱丹，溪畔的银合欢，杂生在山坡的菅芒、莲蕉或紫丁香呀！它们也都是飘然地飞来，偶然地生成。

植物种子的飞翔是没有自己决定的力量的，它们努力地生长，到成熟具足的时候，等待着风力或者鸟兽，带着它们起飞，去更远的地方。它们唯一要有的信念就是生长，即使落在最贫瘠的阳台上，也要结出成熟具足的果实。

落在何处，就以最美的状态在何处生长、开花、结果。

从一个大的视景看起来，人的心也渺小如植物的种子。我们当然有“往生”更好的土地的心愿，可是需要等待一种风，让我们与流云飞翔，在远地开花。

我时常在想，我们往生净土就是那样的。我们就以现在的样子去，不必刻意地梳妆打扮，我们只要使自己的种子成熟具足，并信任风就好了。

对净土法门不能深信的人，往往难以触摸、难以体验净土是真实的存在。可是这世界的事物，何处是真实的存在呢？甚至连我们身边的文明与历史，只有我们肯相信的才是真的。你相信台北的信义区从前都是树林与稻田吗？你相信台北火车站正对面以前是瓦房吗？

时间的实相并没有坐标，空间的实相也没有坐标，以我们为坐标，相信的，才是真的。

我相信阿弥陀佛是真的。

无须等待临终，因为每天的夜晚都是临终，我的喜悦不分昼夜，我的信心又分什么临终呢？阿弥陀佛一定会好好安排我们的，我只懂得相信与持念，让喜悦的莲花开着。

铃木大拙写过一本《念佛人》，其中有一段深深撞击着我：

不是我念佛，
是佛来碰撞我的心，
南无阿弥陀佛。

我想象着一粒番茄的种子，因为对风的信心，因为圆满成熟，所以在贫瘠之地也开花结果，这番茄如果落在肥沃的土地，也如是开花结果。对净土法门有信心的人，不管是投生在红尘滚滚的人间或黄金铺地的净土，必也是那样一如一味，感恩于浮世的，必欢欣于净土。

我是学佛数年后才契入净土法门的。我也常常鼓励年轻人念佛，那是因为体会到人间已经如此繁杂，需要一个绝对纯粹简易的法门，让我们活着心安，死时安心。我虽宣扬净土法门，但对净土是基于信心与体验，并没有研究。所以每次廖阅鹏兄对我谈起净土研究的种种心得，总使我动容赞叹，更坚定我对西方极乐世界的信心。

阅鹏兄那些关于净土的慧见深思不能普为众生共知，常使我感到十分遗憾。如今，他把多年来的净土研究辑为《佛陀的美丽新世界》一书，使这遗憾一扫而空，相信不曾修习净土法门的人，读了这本书将会断疑生信；已经修习净土法门的人，则会坚定信念，一往无悔。

其实，佛陀的美丽新世界到处都有。那浮在莲花瓣的露水，一指即划开土地的新笋，为阳光转动头部的野花，万里飞翔不迷途的候鸟，无心出岫的云，清澈温柔的水……人间里，何处不是弥陀的声音与显现呢?

青青翠竹，皆是法身，南无阿弥陀佛。

郁郁黄花，无非般若，南无阿弥陀佛。

读完阅鹏兄的《佛陀的美丽新世界》，再回来看人间的美丽新世界，就会看见世界的光明与飞跃。

不论阳光，或是黑暗；不论人间，或者净土；只要有六字在心，就会光明无畏。

让一般人摸索口袋，寻找更多的钞票、权势与名位吧！我们不必摸索，我们的怀中有最尊贵的阿弥陀佛。

我在贫瘠的土地依然生长、开花，是为了让种子成熟具足，等待来自净土的风，凌空一跃。

呀！南无阿弥陀佛。

每天都是莲花化生

一群人围在一起念佛，佛声远扬，一位法师走过来，突然问："你们念佛做什么呢？"

这一问，使大家都沉默了，一位善男子说："往生西方净土。"

法师说："往生净土是为什么呢？是为了享福吗？"

众人默默。

法师说："你们在这里要好好做事呀！你们到净土去就无事可做了，因为净土的菩萨、贤圣、善人修行都比你们好，没有人需要你们的布施、救度，这里有这么多人需要你们的布施、救度，好好做吧！"

说完，法师走出人群，却又回头问说："往生净土是从什么生出来的？"

"是莲花化生。"有人说。

"要做到每天都是莲花化生，往生净土才有希望呀！"

说完，他的背影就远了。

那天从寺庙出来，突然听见小店播放流行歌曲，有这样两句：

怎么走都会有路，
看今天有如梦醒。

一粒粟中藏世界

高高山上云，
自卷自舒，何亲何疏？
深深涧底水，
遇曲遇直，无彼无此！

——黄龙慧南禅师

在民间信仰与传说里，吕洞宾是大家熟悉的人物，传说他是八仙之一，因为爱慕何仙姑没有结果，因此醋劲很大。在台北指南山有一座仙公庙，木栅仙迹岩上也有仙公庙，都是供奉吕洞宾的，传说未婚情侣如果同游这两座庙，婚姻就会没有结果，一直到今天，这两座庙还被情侣视为畏途。

这当然是无稽之谈，是把吕洞宾俗化了，其实依照《指月录》的记载，吕洞宾是得道的人，他是黄龙慧南禅师的弟子，得道的人哪里还会被情欲纠缠？哪里还有瞋恨的心呢？

在各地的“仙公庙”里，把吕洞宾供在正殿，释迦牟尼佛和观世音菩萨反而在偏殿，这是很大的错误，因为吕洞宾乃是道地的佛教徒，不是一般的神仙。

吕洞宾又号吕岩真人，是唐懿宗时代的人，在唐朝末年本有意于仕宦，可惜考了三次科举都没有考上，于是成了饮酒赋诗的名士。有一年在长安的酒店里遇到了钟离权，钟就传授他道术，学成后到处云游，神变莫测。

吕洞宾的才气纵横，诗也写得很好，有一次游庐山，在钟楼的墙壁上赋诗：

一日清闲自在仙，
六神和合报平安；
丹田有宝休寻道，
对境无心莫问禅。

没有多久，他路过黄龙山，看到山上一片紫云盖顶，知道山中有异人，就想入山去参谒。到了黄龙山，慧南禅师正在击鼓升堂，慧南知道吕洞宾来了，想要度化他，于是厉声问：“今天在我们座里有窃法的人！是谁？”

吕洞宾这时潇洒地走出来，问说：“一粒粟中藏世界，半升铛内煮山川，请你说说看此意如何？”

慧南厉声说：“你这守尸鬼！”

禅心正是如此，妙在一个“转”字，

在绝处里逢生，

在一片寂静里活泼盎然，

在枯木严冬里充满生机，这都是转。

吕洞宾回答说："怎奈我囊中有长生不死的药呀！"

慧南说："就是你能活上八万劫，最后也必然落空而亡！"

吕洞宾生气了，拔出宝剑，飞剑向慧南禅师射去，剑到半空就落了下来，于是他礼拜在地，请黄龙慧南给予教导。

黄龙慧南问他说："半升铛内煮山川我不问你，但为什么是一粒粟中藏世界呢？"

吕洞宾言下顿悟，拜在黄龙门下，作了一首偈：

弃却瓢囊槭碎琴，
如今不恋汞中金；
自从一见黄龙后，
始觉从前错用心。

我读了《指月录》里吕洞宾的故事，觉得非常有趣，可以让我们进一步思考到神通与智慧、空性与妙有的问题。若以年纪来看，吕洞宾生于公元860年左右，黄龙慧南禅师则生于公元1002年，两人相遇时，吕洞宾已近两百岁高龄了，又自以为得了仙道，没想到那黄毛小禅师竟高声斥责，心里当然不服，到最后甘心受教，可见黄龙慧南确有服人之威，而吕洞宾的虚心求教也令人敬佩。

黄龙禅师不是等闲人物，他所创的"黄龙宗"是禅七宗之一，曾经盛极一时，他最有名的是"黄龙三关"，就是每有人来访，他总是以三关问人：

“人人有个生缘，如何是汝生缘？”

“我手何似佛手？”

“我脚何似驴脚？”

经过好几年，都没有人能契其旨，每当有人回答，他都是敛目危坐，不置可否，回答的人也不知道自己有没有过关。后来有弟子问他原因。

他说：“已过关的人，听到这三个问题，掉头就去，安知有关？还想回答的人，就是没有过关的人。”

多可爱的黄龙禅师，他的语录里充满了譬喻，言语优美，有如诗歌，我们且选几段看看：

“摩尼在掌，随众色以分辉；宝月当空，逐千江而现影。诸仁者！一问一答，一棒一喝，是光影。一明一暗，一擒一纵，是光影。山河大地是光影，日月星辰是光影。一世诸佛一大藏教，乃至诸大祖师，天下老和尚，门庭敲磕，千差万别，俱为光影。”

“入海算沙，空自费力，磨砖作镜，枉用功夫。君不见，高高山上云，自卷自舒，何亲何疏？深深涧底水，遇曲遇直，无彼无此。众生日用如云水，云水如然人不尔，若得尔，三界轮回何处起？”

有一次他上堂说：“拟心即差，动念即乖，不拟不动，土木无殊。行脚人，须得转身一路。”于是拈起手上的拂尘说：“这个是山僧拂子，汝等诸人，作么生转？若也转得，一为无量，无量为一；若转不得，布袋里乌鸦，虽活如死。”

禅心正是如此，妙在一个“转”字，在绝处里逢生，在一片寂静里活泼盎然，在枯木严冬里充满生机，这都是转。在生命的困境中，在无可奈何的时候，转一转吧！在转得的时候，就会看见一粒小小的粟米中藏着广大的世界，那么庄严、美好、自在，有无限的生机。

诸法实尔，皆自念生

《大智度论》里有一个故事：

有兄弟三人，老大听说毗耶离国有一个女人，名叫庵罗婆利，非常美丽、有风韵，心里就起了淫念，甚至在白天都想着她。

老二听说在舍婆提国有一个叫须蔓那的女人，美色超胜，端正无比，心里也起了淫念，日夜都思念她。

老三听说王舍城有一个叫优钵罗槃那的女人，艳丽姿容罕有其匹，心里也起了淫念，茶饭不思地想着她。

三兄弟由于昼夜专念、染着于心，便在梦中和远分在三国的想象中的女人发生关系，醒来的时候就有了这样的觉悟："她也不来，我也不去，竟然在梦中发生这种事，像真的一样，是不是一切诸法都是梦呢？"

于是，一起去请教飙陀婆罗菩萨，菩萨说："诸法实尔，皆自念生。"是说一切法真的像三兄弟所问的一样，是由心念而生，像真的一样，却不是真的。

菩萨并为三兄弟方便说法，他们因此进入不退地菩萨的阶位。

把一切当成真的人，哪里知道梦里还有梦？而梦里的真实和逝去岁月的真实，乃至每一个念头的真实又有什么不同呢？

《大般若经》说：“复次善勇猛！如人梦中说梦，所见种种自性如是，所说梦境自性总无所有。何以故？善勇猛！梦尚非有，况有梦境自性可说？”

昨夜梦中的一场雪是那样洁白，刺伤了我的眼睛，今早起来却看到了乌云蔽空，雨，正一滴一滴地自屋檐落下。

青年时像血一样殷红，使我们溅泪的往事，偶尔也会蹑足来到梦里，颜色与声音还清明如昔。

什么是梦？什么不是梦呢？

偶然的一念

我们所发出的一念菩提心，在这宇宙中永不消失。

我们所生起的一念恶心，在这宇宙中也永不消失。

虽从现实的角度看来，一切不免无常，好像一切都过去了，但曾经存在过的东西就会在心识里永远存在，除非它从心识中拔除，犹如禾田中除草一般。

一个人的人格伟大固可敬佩，但可敬佩的人格常来自偶然的一念，就是心念自然态度的流露，偶然的一念看来不甚重要，但往往能透露人心灵的深度。

偶然的一念，有如开花之刹那、闪电之亮光、流水之入海、彩虹之映现、露水之反光，往往能有极美的展现。但偶然的一念，也会如花朵之凋落、黑暗之来临、海啸之飞扬、大地之裂痕、火山之喷溅，常常也有极坏的发展。

偶然的一念，其实可以反映全人格。

我们都期望好的事物可以永远存在。

我们都期望坏的事物可以立即消亡。

但很少人知道好坏常是来自偶然的一念。

悟，来自偶然的一念。

迷，来自偶然的一念。

超凡入圣的人，念念清明，那是使相对偶然的一念变成绝对必然的空明罢了。

大雁塔

唐朝贞观年间建于西安的大雁塔，有一个美丽的传说：

传说有一天是一位大菩萨舍身的日子，寺里的法师和信徒都到寺前纪念。正在大家聚集一起的时候，一群人字形的雁子从天空飞过，有一位僧人起了一个念头，开玩笑对旁人说："我们生活艰苦，一直不能饱腹，菩萨也应该知道吧！尤其今天是他舍身的日子。"

他的话声刚落，空中雁群里的一只雁子突然笔直地坠落，当场触地而死。

众人为这突来的景象惊悚莫名，当然没有人敢把这只雁子饱腹，不仅以一种虔敬的心，埋了那只雁子，还在雁子坠落的地方盖了一座大塔，这就是留存到今天，中国最伟大的佛塔大雁塔的缘起。

这个故事也令我惊悚，修行者的念头是多么重要，使我想到《华严经》中说：

菩萨如是念念成熟一切众生，念念严净一切佛刹。

我们从一只雁子落下的姿势，

看见了坚固的菩萨行，

也看见了，

菩萨飘逸衣角时那样超凡之美。

念念普入一切法界，念念皆悉遍虚空界。

念念普入一切三世，念念成就调伏一切诸众生智。

念念恒转一切法轮，念念恒以一切智道利益众生。

念念普于一切世界种种差别诸众生前，尽未来劫现一切佛成等正觉。

念念普于一切世界一切诸劫修菩萨行不生二想。

好一个念念！就是珍摄每一个念头、清净每一个念头、发行每一个念头。而遍虚空界，每一个念头都是为了供养佛菩萨和利益众生，没有一个念头是为了自己，这才是念念。

只要念念不忘利益别人，菩萨的修行并没有公式，我们从一只雁子落下的姿势，看见了坚固的菩萨行，也看见了，菩萨飘逸衣角时那样超凡之美。

菩萨的一世有如雁子，常常只是一念。

半梦半醒之间

去买闹钟的时候，钟表店的老板建议我买一种“懒人闹钟”。

“什么是懒人闹钟呢？”

“懒人闹钟是为了懒人而设计的，一般闹钟响时只有一种声音，懒人闹钟响的时候，节奏由慢而快，由缓而急，到最后会闹得人吃不消；一般闹钟一按就停，懒人闹钟按了不会停，每隔五分钟它就会再响起来，除非把总开关关掉。”老板边说边从橱柜中取出一只体积很小的电子钟，示范给我看。

“什么样的人会买这种懒人闹钟呢？”

“一般人都会买呀！因为大家对自己都不是绝对有信心的，特别是冬天的清晨要起床真不容易。”

“可是，如果他起来把总开关关掉，这闹钟还是没有用。”

“对呀！对于真正的懒人，再好的闹钟也没有用，闹钟是给那些介于半梦半醒之间的人使用的。”

与我一向熟识的钟表行老板，讲出这么有哲理的话，令我颇为惊异，于是我接着问："什么是半梦半醒之间呢？"

老板说："一个人刚被闹钟唤醒的时候，就处在半梦半醒之间，如果一听到闹钟响，立刻能处在清醒的状态，这种人在佛教里叫作'慧根'，如果闹钟怎么叫也叫不醒，甚至爬起来把总开关关掉，这种人叫'钝根'。一般人既不是慧根，也不是钝根，而是'凡根'。所谓凡根，是会清醒，会迷失，会升华，也会堕落；是听到闹钟响时，徘徊挣扎在半梦半醒之间。对这样的人，一个好闹钟才是有帮助的。在半梦半醒之间的人，是比较易于再入梦、不易于醒来的，这时需要一再地叮咛、嘱咐、催促，懒人闹钟在这时就能发挥它的效益。"

真没有想到钟表行老板是一个哲学家，最后我就买了一只懒人闹钟回家。每天清晨闹钟响的时候，我总是想起老板所说的话，口念"阿弥陀佛"，立刻跃起，关掉闹钟的总开关，开始一天的工作，因为我希望做一个有"慧根"的人。

过了一阵子，我买的懒人闹钟竟坏掉了，拿去检修，查出来的原因是，由于太久没有让它"闹"，最后这闹钟竟不会闹了，老板说："电子的东西就是这样，你没机会让它叫，过一阵子它就不会叫了。"

回家的路上，我想到，如果依"慧根、钝根、凡根"来推论，一个有慧根的觉醒者，长久不让妄想、执着有出头来闹的机会，最后就会连无明习气都不会叫了。

其实，"凡心"与"佛心"并无差别，凡心是迷梦未醒的心，佛心是长睡中悠悠醒来的心；凡心是未开的花苞，佛心是已开的花朵。未开者是花，已开者也是花，只不过已开的花有美丽的色彩，有动人的香气，能展现春天的消息罢了。

我们既没有慧根能彻底地觉醒，但我们也不是完全迷梦的钝根，我们一般人都是介于梦与醒的边缘，都是在半梦半醒之间，就在此时此地的生活里，我们不全是活在泥泞污秽的大地；在某些时刻，我们的心也会飞翔到有晴空丽日、有彩虹朝霞的境界；偶尔我们也会有草地一般柔美、月亮一样光华、星辰一样闪烁的时刻，有一种清明的态度来看待生命。

那种感觉，就像清晨被闹钟从睡梦中唤醒。

可惜复可叹的是，当闹钟响过之后，我们很快地会被红尘烟波所淹没，又沦入了梦中。

醒是好的，但醒不能离开梦而独存；觉是好的，但觉也不能离开迷惘而起悟。

生活中本就有梦与醒、迷与觉的两面，人在其中彷徨、挣扎、奋斗、追求，才使生命的意义、永恒的价值在历程中闪闪生辉，这是为什么达摩祖师写下如此动人的偈语：

亦不睹恶而生嫌，
亦不观善而勤措；
亦不舍智而近愚，
亦不抛迷而求悟。

人生的不完满并不可怕，人投生到有缺憾的娑婆世界也不可怕，怕的是永远迷途而不觉，永堕沉梦而不惊；怕的是在心灵中没有一个闹钟，随时把我们从无明、习气、妄想、执着中叫醒。

我们从睡梦中醒来的时候，向人宣说梦境，《般若经》说这是“梦中说梦”，因为人生就是一个大梦，睡眠中的梦固是虚假不实，人所走过的生命何处能寻找真切的足迹呢？《入楞伽经》中，佛说：“诸凡夫痴心执着，堕于邪见，以不能知但是自心虚妄见故。是故我说一切诸法如梦如幻，无有实体。”——一切诸法无有实体，如梦如幻，梦幻本空，悉无所有，凡夫执着于我，所以沉沦于生死大海中轮转不已，迷梦也就无法终止。

梦中还有梦在，这是生命的遗憾，而觉中还有觉在，则是生命的幸运。

觉，是“菩提”之意，是对烦恼的侵害可以察觉，对无明昏暗能明朗了知，心性远离妄想，而能照能用，做自己的主宰。

幻化如花，花果飘零之后，另外的花从哪里开呢？

梦境如流，河水流过之后，新的河水由何处流来呢？

《圆觉经》里说：

一切众生种种幻化，皆生如来圆觉妙心，犹如空花，从空而有，幻花虽灭，空性不坏，众生幻心，还依幻灭，诸幻尽灭，

觉心不动。

在落花的根部、在流水的源头，有一个有生机的、清明的地方，只要我们寻根溯源，就能在那里歇息了。

善男子！善女人！在半梦半醒之间，让我们听着心的闹钟吧！一跃而起，走向清净、庄严、究竟之路。

跳跃的黄豆

在西藏边境一个荒僻的山区，独居着一位老婆婆，她的丈夫和儿子都过世了，她独自住在小茅屋里，只以糌粑为食。

这位老婆婆由于境遇坎坷，觉得自己的罪业深重，就到处向人求教忏悔罪业的方法，有一天遇见一位路过的人教她念观世音菩萨的六字大明咒“嗡嘛呢叭咪吽”(om mani padme hom)，就可以忏除罪业，结果她在回家的路上就把咒语记错了，念成“嗡嘛呢叭咪牛”，“牛”和“吽”的音当然相差很远了。

老婆婆为激励自己精勤念咒，准备了两个大碗，一碗放满黄豆，一碗空着，每念一句咒语就把一粒黄豆放到空碗里去，这样循环往复，从不停止地念了三十几年，到后来，她不必再用手拿黄豆了，只要一念“嗡嘛呢叭咪牛”，一粒黄豆就自动从这个碗跳跃到另外一个碗里。

老婆婆看到黄豆跳跃，知道自己修行得法，忏罪可期，非常高兴，念咒就更加精进了。

有一天，一位修行相当有成就的西藏喇嘛路过山区要到四川去，当他在荒山野地行走时，远远看见一间破陋的小茅屋，四周放射着金色的光明，喇嘛心中大为震动，心想：“我这次走过那么多地方，拜会过多少修行人，没有看过如此盛大的光明，这茅屋里一定住着一位得了道的高僧。”于是不惜放弃原来的路，向茅屋走来，想要参访这位得道的高人。

等他走到茅屋，看到只有一个老太婆，贫穷可怜、孤苦伶仃，一点也不像得道的样子，老婆婆见到喇嘛驾到，赶紧跪下来顶礼，口里还紧念着“嗡嘛呢叭咪牛”。

喇嘛心里非常纳闷刚刚见到的光明，就问道：“老太太，你在这里住多久了？只有你一个人住吗？”

老婆婆说：“只有我一个人住，已经三十几年了。”

喇嘛不禁感慨：“一个人住在这么荒僻的山里，很可怜啊！”

“不会不会，我自己在这里学佛修行，日子过得很好！”老婆婆说。

“你修些什么呢？”

老婆婆说：“我只是念一句‘嗡嘛呢叭咪牛’！”

喇嘛一听，不禁叹息一声说：“老太太，你错念了一个字，应该是嗡嘛呢叭咪吽，不是叭咪牛啊！”

老婆婆听了非常伤心，认为自己三十几年的工夫都白费了，忍不住难过落泪，但她马上止住眼泪向喇嘛顶礼说：“还好现在您告诉我，否则可能要一路错到底了。”

喇嘛告辞老婆婆后，继续未来的行程。

这时老婆婆坐在桌前照喇嘛教的“嗡嘛呢叭咪吽”重新起修，心思纷乱，碗里的黄豆也不再跳跃了。她边念六字大明咒，边流下懊悔的眼泪，悔恨自己浪费了三十年光阴。

喇嘛走远了，回头一看，小茅屋一片黑暗，竟看不到先前的赫赫光明。他十分震惊，转念一想：“糟了，是我害了她。”

于是，喇嘛赶紧走回茅屋，对老婆婆说：“我刚才教你念嗡嘛呢叭咪‘吽’是玩笑话！”

老婆婆说：“师父为什么要骗我呢？”

喇嘛说：“我只是试试你对三宝的诚心，发现你对我的话毫不怀疑，实在非常可贵。其实你原先念的咒完全正确，以后就照你原来的音去念就好了！”

老婆婆听了，高兴极了，赶紧跪下来拜：“谢天谢地，我三十年的工夫不是白做了。”

喇嘛告辞以后，老太婆一念嗡嘛呢叭咪“牛”，黄豆又跳了起来。

喇嘛走到山顶上，再一次回头看茅屋，茅屋上的光明炽亮，威赫灿然，比原来还要更盛。

这是佛教里流行甚广的故事，我稍微重新整理，记得第一次读到这个故事，内心非常感动，它说明咒音虽然是重要的，但强大的信心与专一的意念比咒音还重要。

六字大明咒的庄严殊胜圆满成就是无法以文字表明的，勉强翻译

当我们看见在夕阳雨中的莲花，

以一种清净无染的姿势擎举出来，

应该使我们知道心性的清净不受污染，

也可以像莲花那样。

成白话，可以说是“祈求自性莲花藏中的佛”，或者“祈求自心的清净莲花开放”，可见学佛学密，甚至学一切清净之法，自心才是最重要的，老婆婆在真信与诚敬中念咒，心地一片光明，咒音对她有什么重要呢？当然，对于还不能心地无染使黄豆跳跃的我们，咒音仍是重要的。

唐朝诗人孟浩然有一首诗：

夕阳连雨足，空翠落庭阴；
看取莲花净，应知不染心。

当我们看见在夕阳雨中的莲花，以一种清净无染的姿势擎举出来，应该使我们知道心性的清净不受污染，也可以像莲花那样。这时候，只要领会了莲花的清净也就够了，至于那朵莲花有几瓣、什么颜色又有什么重要呢？

现在，观世音菩萨的六字大明咒已经是最普遍的咒语，但很少人知道它的来由。如果我们知道“嗡嘛呢叭咪吽”这六字真言是从观世音菩萨裂成千片的脑袋所开出，就会更加动容赞叹。

从前观世音菩萨是阿弥陀佛的弟子，他具足诸行，等解万法，等持众生，他在佛前发下一个伟大的誓愿，他说：

尽我形寿，遍度一切众生，若有一众生不得度者，我誓不取正觉。若我于众生未尽度之时，自弃此宏誓者，则我之脑裂为千片。

立下这个大誓愿后，观世音菩萨就应现各种神通，悲智双运的来度脱众生，经过无量劫以后，他所度的众生已像恒河沙一样多得无法计算。但是，他环顾世间众生，看到生者无量，又因为愚痴堕落，受各种痛苦；而正在造恶业的众生也是无量无边，照这样子轮回下去，众生的痛苦是永远不能断绝的，而众生也就永远不能度尽。

想到这里，观世音菩萨就起了大忧恼，有点泄气，心想："众生之苦，乃与众生之生以俱来；世间既存，苦何能已？苦苦不已，度何能尽？昔年之誓，是徒自苦，而于众生亦无有益；无益之行，何必坚持？"

这一段译成白话是："众生的痛苦，是和众生的诞生一起诞生的，世间既然存在，痛苦怎么会结束呢？既然是苦苦循环不断，众生哪里可以度尽？我当年的誓言只是自己在找苦头吃，对众生并没有什么利益，没有利益的行愿，又何必继续坚持呢？"

观世音菩萨心里就起了一丝退转之念，这个念头才升起，他的誓言已经实现，观世音菩萨的脑忽然自裂成千片，犹如一朵千叶莲花。这时，阿弥陀佛就从裂成千片的脑中现身，对观世音菩萨说：

"善哉观世音！宏誓不可弃，弃誓为大恶；昔所造诸善，一切皆成妄。汝但勤精进，誓愿必成就。三世共十方，一切佛菩萨，必定加护汝，助汝功成就。"

并且即刻传授"嗡嘛呢叭咪吽"的六字真言，观世音一听到六字真言，得大智慧，生大觉悟，更加坚持旧誓，永不退转。我们现在都知道观世音菩萨大慈大悲，有千手千眼救苦救难广大灵感的伟大力量，他的力量就是成就于阿弥陀佛传授六字真言的那个时候，一般把六字真言也称为“观音心咒”。

这是多么动人的故事，化成千片的菩萨之脑，开启了一朵千叶之莲，正是六字大明咒最美丽的象征，我们是不是也能、也愿意、也祈求即使身体碎为微尘，还能坚持一朵清净莲花的自在盛放呢？

记得我第一次听见唱诵的六字真言，那素朴、庄严、单纯、清净、充满力量的美丽声音，就令我感动落泪，这世界，哪里还有这样令人一尘不染、清净无畏的声音呢？

且让我们在优雅的六字大明咒的唱诵中，来读一首偈：

一念心清净，
处处莲花开；
一花一净土，
一土一如来。

蓝宝石镶钻

偶尔到台湾的离岛或东部南部，我总喜欢在夜里出门散步，这时可以品味到空气里的清新和香甜。如果抬起头来，就会看见天空真是宝蓝色的，繁星眨着夜的眼睛，映照着清朗的大地。

每次我看着那些夜空的景色，就会感慨台北人无福消受这美丽的情景。美丽的台湾夜空，正如蓝宝石镶钻，而且是无边无尽的。

最美的是有流星的时候。光芒骑着宝马在云空里穿行，有时会让我想起迷途的、漂泊着的云雀。

我总希望在有流星的时候许愿。

但在流星出现之时，我又震慑于那惊人的美，忘失自己要许下的愿望。

也许，流星的出现就是要让人来不及许愿的。

未完成的许愿虽然会使我怅然，却也使我安慰，在那一刻完全融入的自我中，美已经来过，愿望已经许下了。

美感是早就有的，流星只是使它点燃；愿望也是早就有的，流星只是让它发亮。

看过夜空的流云与闪亮的流星，我总是一边散步一边思索，当我们抬起头来，看着无边天空的那一刻，我们是远离了烦恼、庸俗、苦痛的。我们的仰望，使我们进入一种更深、更远、更广大的境界，那种境界无以形容，或者说是“空明”吧！是无牵无挂的那种明朗，思想是蓝宝石镶钻，浮动的意念则宛若流星，一切都是无碍的。

以空明之心看着天空的那一瞬间，已经看见了“空中妙有”的秘藏了。如如与空际，涅槃与法界，不都是明明白白、毫无隐藏的吗？

有着美好的心情，用空明觉察的眼睛，在星与月、天与云、流星与想象之间飞翔。漫步于郊野与草原之间，感受无牵无挂的自由，就觉得契入某种不可言传的境界了。

我们在生活中时常会遇到困境，在不能突破的时候，我们希望找到一些更永恒、更有力的事物来依赖。于是，我们或者寄情于文学、音乐、艺术，来洗涤尘劳；或者寄情于宗教，以求得解脱。

这种依赖的追求，常使众生觉得必须放下、舍弃、厌离俗世的生活、今生的际遇，才能进入更好的境界。因此，“生活”与“宗教”便产生了冲突矛盾，不同的宗教也就互相攻讦排斥。

其实，生活的心、文学的心、宗教的心是同样的一个心。

佛教徒的心、基督徒的心、无神论者的心也是相同的。

宗教的境界不一定比生活的境界高，因为在生活中有提升，也有堕落；在宗教里有觉悟，也有执迷。生活不一定都是执迷堕落的，宗教也不一定全是觉悟提升的。

一个向往高迈境界的人，既不排斥生活，也不依赖宗教，那是为了发现生活与宗教共同的本质，一有了分别与排斥，境界就消失了。

有僧问大珠慧海禅师："儒、释、道三者有何异同？"

禅师说："儒、释、道三者，小者见异，大者见同。"

——儒家、佛家、道家，在心胸狭小的人看来，都看到它们不同的部分，在心胸开阔的人看来，则看到它们相同的地方。

这是多么高超的慧见，实相的见解乃不是得自外在的分别，而得自更深的自我发现。一个在平常生活中能自我提升的人，要进入宗教提升的境界，就像反掌折技那么容易呀！

如果我们的好境界、好心情都只留在蒲团上、庙堂中、大殿里，却在生活上、奔波中、困境里举足无措，宗教就不能真实利益我们的生命了。

好的宗教信仰犹如蓝宝石镶钻，许多人把它挂在手指间或颈项，那只是外在的美化，渴望别人看见罢了。唯有领略真实意的人，才知道蓝宝石镶钻无所不在，在夜晚的星空里，在黎明的草原上，在花朵的露珠上，在情人眼眸的光照里。

我们的心里若有了蓝宝石镶钻，就会在任何时地都心心相印，看见大地宇宙的美好，看见人情因缘的难得，也看见生活、文学、宗教那互相流通映照的闸门。

我又看见一颗流星了。

我总希望在有流星的时候许愿。

但在流星出现之时，我又震慑于那惊人的美，忘失自己要许下的愿望。

呀！也许，流星的出现，只是要带我们进入空明的刹那，不是为了许愿而存在的。

去做人间雨

有一天晚上，马祖道一禅师带着百丈怀海、西堂智藏、南泉普愿三个得意弟子去赏月，马祖说："这样美的月色，做什么最好？"

西堂智藏说："正好供养。"

百丈怀海说："最好修行。"

南泉普愿一句话也没说，拂袖便去。

马祖说："经入藏，禅归海，唯有普愿独超然于物外。"（智藏对经典可以深入，怀海会在禅法有成就，只有普愿独自超然于物外。）

我很喜欢这个禅宗的故事。在美丽的月色下，供养而使心性谦和，修行提升心灵清净，都是非常好的，可是好好地赏月，不发一语，则使人超然于物象之外，心性自然谦和，心灵也在无心中明净了。

天上固然有明月皎然，心里何尝没有月光的温柔呢？这就是寒山子说"吾心似秋月，碧潭清皎洁"的原因，也是禅师以手指月，指的并不只是天上之月，也是心里的秋月。心思短促的人，看见的是指月的手指；心思朗然的人，越过了手指而看见天边的明月；心思无碍的人，则不仅见月见指，心里的光明也就遍照了。

僧肇大师曾写过一首动人的诗偈：

旋岚偃岳而常静，江河竞注而不流。

野马飘鼓而不动，日月历天而不周。

个人的心如果能常静、不流、不动、不周，就可以观照到，虽然外在世界迁流不息，却有它不迁流的一面。一个人如果心中有明月，就知道月亮虽有阴晴圆缺，但其实月的本身是没有变化的。

更高远的心灵的道之追求，是要使我们能像天上的云一样自由无住，无心出岫，长空不碍。但是当我们化成一朵云的时候，是不是也会俯视人间的现实呢？

现实的人间会有一些污泥、一些考验、一些残缺、一些苦痛、一些不堪忍受的事物，此所以把现实人间称为“滚滚红尘”。“滚滚”有两层意思，一是像灰沙走石，遮掩了人的清明眼目；二是像柴火炽烈，燃烧着我们脆弱的生命。每一次，当我想到作家三毛的最后一部作品叫《滚滚红尘》，写完后她就投缳自尽，我就思及红尘里的灰沙与柴火，真是不堪忍受的。

灰沙与柴火都还是小的，真实的“滚滚”有如汪洋中的波涛，人则渺茫像浪里的浮沫。道元禅师说：“是鸳鸯呢，还是海鸥？我看不清楚，它们都在波浪间浮沉。”不管是美丽如鸳鸯，或善翔像海鸥，都不能飞出浮沉的波浪，人何能独独站立于波涛之外呢？

云，很美，很好，很优雅，很超然，但云在世间也不是独立的存在。它可能是人间的烟尘所凝结，它一遇到冷锋，也可能随即融为尘世的泪水。

因此，道的追求不是独存于世间之外的，悟道者当然也不是非人，只不过是他体会了更高的心灵视界罢了。这更高的心灵，使他不能坐视悲苦的人间，也使他不离于有情。这是一种纯净的诗情，王维有一首《文杏馆》很能表达这种诗情：

> 文杏裁为梁，香茅结为宇。
> 不知栋里云，去作人间雨。

迈向诗心与道情的人，以高洁的文杏做成梁柱，以芳香的茅草盖成屋宇，且虽然居住于自然与美之中，心里却有问世的意念。想到在栋梁间飘忽的白云，不知道是不是也和自己一样，要去化作造福人间的雨呢？

要去化雨的白云，是体知了燥热的人间需要滋润与清凉的雨；要去问世的高士，虽住于杏树香草做成的房屋，已无名利之念，但想到滚滚红尘，心有不忍。

道心与诗心因此都不离开有情，不是不能离开，而是不愿离开，试想蓝天里如果没有朝云与晚霞，该是多么寂寞。

智者，只是清明；觉者，只是超越；大悲者，只是广大。他们并不是用皮肉另塑一个自我，而是以活生生的血肉作人的圆满、作心的清明、作环境里的灯火。

《临济录》里讲到，临济义玄禅师开悟以后，时常在寺院后面栽植松树，他的师父黄檗希运问他说：“深山里已经有这么多树了，你为什么还要种树呢？”临济说：“一是为了寺院的景色，二是为后人树标榜。”所以他的师兄睦州对师父说：“临济将来经过锻炼，定能成一棵大树，与天下人作阴凉。”

不论多么大的树，都是来自一颗小小的种子，来自一尖细细的芽苗。长成大树的人不该忘记天下人都是大树的种子与芽苗，因此誓愿以阴凉的树荫，来使天下人得以安和的生活。

出世的修行，是多么令人向往呀！但是“微风吹幽松，近听声愈好”，如果没有化作人间雨的立志，那么就会像一朵云，飘向不可知的远方了。

愿做自由花

经过中部大平原，突然看见在稻田中有一大片金黄色的花，在阳光中格外耀眼，停了车，从田埂走到花中，仿佛走进一个金黄色的梦。

仔细看，才知道原来是青花菜所开出的花，我们平常在市场看见的白花菜、青花菜都是一球球的，往往让我们忘记原来它们是花。因此看到眼前这一片青花菜令我感到吃惊，十字形的花朵从团团的菜花中抽放出来，拉高竟到了人的腰际，开得非常非常繁密，但因有高低的层次，并不让人感到拥挤。在绿色的稻田里，这一片金黄色的菜花有如闪电一般，有慑人之美。

它占地约有一亩，又在早春的风中摇曳，使我看见了土地的温柔与源源不绝的生机。

站在田中面对这一片青花菜的黄花，我思索着它被留下来的理由，有可能是菜农要收成青花菜的种子，也有可能是稻田保存地力的轮替，还有可能是菜价低贱，农夫懒得收成而任其开花怒放。

作为花，就要努力开放；

作为人，就要走向清净之路，这是承当。

不管是什么理由，青花菜被留下来是唯一的真实，它比所有的同类幸运；大部分的青花菜没有开花的机会，花苞结成就被采收了，因此，大部分吃青花菜的人没有机会看见这大地上的美丽之花。这片青花菜何其幸运，是同类中仅有的自由花，我又何其幸运，能看到它毫无顾忌地怒放，这无非是一次殊胜的因缘呀！

当我继续开车前行，眼前好像一直都看见那金黄色的影子，一闪一灭，这平凡的青花菜最令我动容的是什么呢？为什么它竟成为中部大平原上最耀眼的风景呢？

是它的自由！

当我看到青花菜的自由，感觉自己就像从束缚中被解放出来，我们大部分人就如同市场中的青花菜一样，在还没有完全开放时就被采收，因而不知道自己也可以开出最美丽的黄花。

人也可以自由开放吗？

当然！自由的开放可以说是禅者最主要的风格，乃至于可以说是佛教的基础，修行者最重要的就是自由，是无牵无挂、无拘无束、无碍无缚。什么是自由？自由不在境上，而在心中，自性清净的人不为境转，是为自由；证悟空性者，知悉无常迁化，就不会被外物所役、所捆绑了。

因为这样的自由，当我们看到禅师如是的对话，就不会吃惊了：

僧问："如何是三宝？"

潭州总印禅师："禾、麦、豆。"

僧问："如何是佛法大意？"

明州法常禅师：“蒲花、柳絮、竹针、麻线。”

僧问：“如何是禅？”

石头希迁禅师：“碌砖。”

僧问：“如何是道？”

径山道钦禅师：“山上有鲤鱼，水底有蓬尘。”

僧问：“如何是西来意？”

天柱崇慧禅师：“白猿抱子来青嶂，蜂蝶衔华绿叶间。”

生命的真实里固已解脱了束缚，问答之间又何必有什么丝线呢？在自性的清净自由里，万事万物都是三宝、是佛法大意、是禅、是道、是西来意，其中并没有分别，因为有分别就有执着、就有相，就会生心，就偏离了自由。

我认为修行者可以用“六自”来说：自觉、自由、自在、自主、自信、自尊。

一切自由的开端是来自觉悟，等觉悟到自性清净本心时才能做自己的主人，自主之后才得以过无碍自由进退自在的生活，这时体会到生命的真意而有绝对的信心，也因知悉佛性本具有了生命的尊严。

但是自由自在不是放任，我们来看一个公案：

招提慧朗禅师造访石头希迁禅师：

问曰：“如何是佛？”

师曰：“汝无佛性！”

曰：“蠢动含灵又作么生？”

师曰：“蠢动含灵却有佛性。”

曰："慧朗为什么却无？"

师曰："为汝不肯承当！"

慧朗言下开悟。

好一个"为汝不肯承担！"自觉、自由、自在、自主、自信、自尊全是来自"承当"两字，承当不是我见我执的度量和计算，而是用无念的自我来面对客观的外境，是内外在世界的完全统一——最究竟的解脱是体证到圆满的自我生命，而进入解脱门的是即心即佛，心佛无二是最伟大的承当。

承当，就像青花菜昂然美丽地站在土地上。

承当，是坦然面对风雨，自在地盛放。

承当，是即使明日要凋谢，今天还能饱孕阳光，微笑地展颜。

作为花，就要努力开放；作为人，就要走向清净之路，这是承当。

那中部大平原的一亩青花菜的黄花，既有自由，又有承担，它站在那里默默地生长着，但它雷声一样地展示自己的自由，使我想起《金刚经》的一句：

"说法者无法可说，是名说法。"

放下与承担

有一个很好的方法可以提升生命的观点，就是在一开始学佛的时候就认识放下与承担的重要。

某些东西是早晚必须放下的，包括我们的生命以及现在所拥有的一切；某些东西是应该承担的，承担现在已有的责任。

我十分向往弘一大师和莲池大师的事迹，可是我不可能学习他们，可能是因为生命的特质有所不同吧！我读弘一法师的传记，看到弘一出家时，姨太太跑到他出家的寺庙绕寺啼哭，弘一都充耳不闻，结果这位叫作雪子的日籍夫人终究自行离开了。看到这一段，我感慨自己不如弘一，换了我，一定会去开门的。开门未必是重续前缘，开门未必是坏事，何必把门锁得那么紧呢？

大概唯其如此，才显出弘一与我们是不同的。我们没有弘一大师的高超，所以应该承担现在已有的责任。我的家人，我所居住的环境，我的台湾，我的世界，这些都是我的责任。

当我们对放下与承担有了很好的认识时，观点便随之提升了。别人向我要一件衣服或一个杯子的时候，我发现失去这个杯子、这件衣服对我是没有损伤的，就可以放下了。渐渐地，会有越来越多的东西可以放下。放下的越多，可以承担的也越多；并非全部放下以后，就完全不承担了。

看看弘一大师放下了什么？他放下了妻子、姨太太、儿子、家产、艺术，出家了，但是他承担了如来的家业，成为一个伟大的修行者，很感动人。如果他没有那么大的放下，就不会有那么大的承担。

没有足够大的放下，就不会有足够大的承担！

东西掉了，破了，碎了，没有关系。所有的东西都会掉，都会破，都会碎，只是正巧掉在你的手里，破在你的手里，碎在你的手里。所有的亲人都会死，只是正巧有人在你二十岁时死了，有人在你十岁时死了……

认识这种因缘法，放下与承担变得较为容易。

保持心海的单纯平静

心海的消息是非常广大无边的，就像海洋一样，海洋的表面有船只、波浪的各种变化，但是内在却非常平静。我们之所以要走菩提道，便是希望使我们的生命走向单纯平静，由于单纯平静，使我们能像海一样，映出天空的颜色。也就是说，时常保持我们的单纯平静以接收法界来的消息。

我常常举一个简单的例子来说明人和佛及菩萨之间的关系：我们就好比拥有一个收音机，可以收听到很多电台，这些电台都是菩萨的声音，只要你知道频率，二十四小时便可以随时随地听到电台的消息，纵使睡觉也不例外。当然先决条件是你要先知道频率。频率要从何得知呢？从单纯平静的生活中而来，因为趋于单纯，所以不会被复杂的事转动，因为趋于平静，就不容易散乱。这时候我们便可以知道法界的消息，甚至和法界融合为一，进而使自己也变成转播站或广播电台，可以不断发出频率。

依照《华严经》的说法，心是没有分别的，佛心就在我心，众生的心也在我心；换句话说，我是电台，也是收音机或随身听，因为我已经知道各个频率，而这些频率是看不见、摸不到的。我只能说如果你不执着，“一心一境、活在眼前”、不断祈求佛和菩萨，你就可以调到法界的频率。这时，只要闭上眼睛，就可以使我们的心处在和佛菩萨相同的频率上，如此便可说是开悟或见性。

开悟或见性并非有一个特别的东西，而是指我们找到法界甚深、不可言说的奥秘。有人问我找到了没？我说找到了一点，但是还不很清楚，希望可以愈找愈清楚，将来不仅能收听到中广，也能收到小耳朵、中耳朵，甚至大耳朵，收到更远的消息，这也就是无边的心海。

因此，我认为追求菩提道，重要的不只在目标，是一个不断开发的过程，即使是成佛，也是过程。像观世音菩萨在很久以前就已经成佛了，叫正法明如来，可是又回来做菩萨，像维摩诘居士也很早就成佛了，叫金粟如来。根据经典的记载，释迦牟尼佛已经成佛九千次，对他来讲，修行并没有终极目标，只有不断的过程。那么，他这一次来到世间的示现是什么呢？即是生、老、病、死和肠胃病、风湿病等，所以当你们闹肠胃病时，一想到佛也曾经如此，不禁感到欣慰。而且佛不但结过婚，听说还娶了三个太太，生了小孩，然后才去出家，这些都是很好的示现，让我们知道菩提道的过程非常重要。

这个重要性宛如禅宗所说：“家舍即在途中。”意思是路边到处是家，并无所谓终点。所以，要珍惜我们的每一个过程，这个过程从检验想念、意念着眼，并且不要执着，要时常开发、珍惜我们投生到这个世界来的因缘。我相信在座有很多朋友从前都发过菩萨愿，才投生到这个世界，也许有人不相信，说："哪有可能，如果我以前是菩萨，今生怎么这么痛苦。"我要提醒大家，不要小看自己，因为菩萨来到这个世界同样会遭到痛苦、无可奈何的情形，就像最好的音乐家舒伯特也有无声以对的时刻。

所以，不用担心，我们要常常提醒自己，今天之所以能学佛，是因为从无始劫来曾经发过菩提道的愿。那么我们为什么到现在还没有听到从前的愿呢？现在不妨就让我们来听听心海的消息，看看能否听到禅宗所谓"看到父母未生前的本来面目"，也就是我们的心，常常做这种检验和修行，有一天，我们将能够真正见到自己的心。

追求无心的境界

以无所得故，菩提萨埵，依般若波罗蜜多故，心无挂碍。无挂碍故，无有恐怖，远离颠倒梦想，究竟涅槃。

每读《心经》这一段，都不禁赞叹这一段真好！

菩提萨埵就是菩萨——觉悟的有情众生。

觉悟的有情众生，依靠这种清净的到彼岸的智慧，就可以心里没有任何挂碍。没有挂碍，心里就没有恐怖，就不会产生颠倒跟梦想。

无挂碍故，无有恐怖。这其实是很容易理解的。对于一样东西没有挂碍，也就不会害怕。

好比女孩子逛百货公司，看到一个很喜欢的东西，身上的钱却不够。跑回家拿钱再来买的时候，发现这个东西已经被买走了，心里悔恨不已，恨自己当初为什么没带更多钱。之所以有悔恨，是因为心有挂碍。如果能免除挂碍，就没有害怕也没有恐惧。

我考大学连续考了三年。第一年落榜的时候很痛苦，第二年就没

假使你的智慧非常广大，

你就不会为一些小事挂碍。

遗失了一颗钻石，你不会挂碍，

因为钻石与石头没什么两样。

有那么痛苦了，因为心无挂碍故，无有恐怖。到了第三年，我考上最后一个志愿——世新电影科。回到家，我买了一串鞭炮从我家住的四楼挂下来点燃，我的兄弟姐妹也都为我欢喜，终于考上最后一个志愿了。

然而，在报纸上也可以看到有人考上了第二志愿而跳河自杀的消息。非第一志愿不读，心里就很是挂碍；因为挂碍，就产生恐怖，会颠倒梦想，最后走上死路。多么可惜！

所以，对事物的挂碍越少，就越远离恐怖颠倒。

如何才能挂碍少呢？就是有般若波罗蜜多——清净的心和清净的彼岸的智慧。假使你的智慧非常广大，你就不会为一些小事挂碍。遗失了一颗钻石，你不会挂碍，因为钻石与石头没什么两样。《四十二章经》里讲得好："智者金石同一观。"有智慧的人，看钻石跟石头是一样的。

拥有钻石，你会担忧遗失，拥有石头就不必担忧。

我很喜欢捡石头，有时和孩子到乡下捡一堆石头回来，一起在庭院里冲洗。我问孩子："你看这颗美不美？"他说不美，我就弃之一旁。他也拿起一颗石头问我："这颗美不美？"我说不美，他也弃之一旁。碰到两人都说"这颗很美"的，就留下来。

在这个过程中，我们完全没有挂碍，不会舍不得丢掉一颗石头，也不会一定要保有一颗石头。

捡来的石头很多，朋友看了也喜欢，我就随朋友挑，随朋友拿。朋友是爱石的人，拿得很高兴。我也爱石头，但是送走石头的时候我没有挂碍，因为这些石头对我而言并不那么重要。

我也爱人生，但是我的人生并不挂碍，因为心里清净的缘故。

心里清净就可以没有挂碍，没有挂碍就可以没有恐惧；远离颠倒梦想，就可以睡得很好，很安稳。

无心于睡觉，就可以睡得很好；有心于睡觉，就会失眠。颠倒梦想来自有心，有心就不清净。

步步起清风

我很喜欢禅宗的一个公案——

五祖法演禅师门下有三个杰出的弟子，佛果克勤、佛鉴慧勤、佛眼清远，时人号称“三佛”。

有一天，法演带着三个弟子，在山下的凉亭夜话，回寺的时候，灯突然灭了。在黑暗中，法演叫每一位弟子说出自己的心境。

佛鉴说：“彩凤丹宵。”

佛眼说：“铁蛇横古路。”

佛果说：“看脚下！”

法演当场给佛果印可说：“将来传扬我的宗风只有你呀！”

后来，佛果克勤禅师果然宗风大盛。

我喜欢这个公案，首先是因为它直截了当。一个人在无灯的黑夜走路，不必思维，只要看脚下就好。

其次，我喜欢它的明白平常。简单的三个字，就说明了禅的根本精神是在站立的地方安身立命，没有比脚下更重要的地方了，因为一失足就成千古恨。

“看脚下”虽然如此简明易懂，却意味深长。六祖所说的“密在汝边”，祖师所说的“会心不远”，都是在说明真正美妙的心灵经验，不必到远处去追求。可惜大部分的人，都是舍弃了心灵的空地，去追求远处的境界，那就无法做到“即心是道场”，不能即刻点起已被风吹熄的烛火，继续前进。

不能看脚下的人，自然不能立定脚跟，这在禅宗里叫作“脚跟未点地”，也叫作“脚下生烟”，一个人的脚下如果生起烟雾，便无法落实真切的生命，就好像腾云驾雾地过着虚妄的生活。

有时候我到寺庙里参访，就会看见在门槛的柱子上或在容易跌倒的阶梯上，贴着“看脚下”三字，顿时心里一阵感动，有一种体贴之感，因为那时如果不看脚下，立刻就会跌倒了。

“看脚下”其实包括了禅宗几个重要的精神。

第一个精神是要活在当下，不活在过去与未来之中。人生的忧恼，大部分是来自过去习气的牵绊，以及对未来欲望的企图。如果时刻活在现前的一境，忧恼立即得到截断。例如喝茶的时候，如果专注于喝茶，不心思外驰，立刻可以得到专注之境。这不只是开悟的境界，一般人也可以领受和体验。

马祖道一禅师开悟以后，声名大噪，他未出家前结交的几位老朋友，对马祖的开悟半信半疑，于是相约一起去见马祖，并且沿路想一些问题去请教请教。

这几位农民出发不久，就看见一只老黄牛被绑在大树上，鼻子穿了一根绳子。黄牛由于不能走远，就绕这棵树行走，最后鼻子碰在树上，又往反方向绕，越转越紧，鼻子又碰在树上了。

其中一位就说："我们就拿这件事去请教马祖好了。"

再往前走不久，突然看见一只秋蝉飞来，脚跟被蜘蛛丝粘住了，飞不过去，心里一着急，"吱吱"大叫。蜘蛛看见秋蝉粘在树上，立刻赶过来要吃它，在这生死关头，秋蝉奋力一冲，"呼"的一声，离开蛛丝飞走了。

其中一位说："我们再用这件事去请教马祖。"

最后，他们见到马祖。

第一位就问："如何是团团转？"

"只因绳子不断。"

"绳子断了，又如何？"

"逍遥自在去也！"

马祖的老朋友听了都很吃惊：马祖明明没见到老牛，怎么知道我们问的是什么呢？

第二位又问："如何是'吱吱'叫？"

"因脚下有丝！"

"丝断了，又如何？"

"'呼'地飞去了！"

马祖的老朋友当下都得到了开启。

使人生不能自在的，是由于过去习气的绳子拉着我们团团转；使我们不能自由的，是情丝无法斩断。如果能回到脚下，一念不生，就

这个世界上虽有许多人可以告诉我们远处美丽的风景，

却没有一个人能代替我们走茫茫的夜路。

自由自在了。

“看脚下”的第二个精神，是以平常心过日常生活。例如经常教人参“无”字公案的赵州禅师，每每对初来的人说“吃茶去！”“吃粥也未？”马祖道一说“吃饭时吃饭，睡觉时睡觉”，百丈怀海说“一日不作，一日不食”，都是在示人，以圆融的态度来过平常的生活，而不是去追求不着边际的开悟。

“看脚下”是以平等的态度来对待生活里的一切，不为某些特殊的目的而放弃对历程的深思与体验，在每一个朝夕，都能“不离当处湛然”，如果喝茶吃粥时有湛然清明的心，其尊贵至高并不逊于人间伟大的事功。

《六祖坛经》一开始就说：

> 于一切时中，念念自见，万法无滞，一真一切真，万境自如如。如如之心，即是真实。若如是见，即是无上菩提之自性也。

在每一刻的真实中，万法的真实即在其中，“掬水月在手，弄花香满衣”，“掬水”或“弄花”是平常而平等的，明月在手、花香满衣就变得十分自然。如果不能善待眼前的片刻，不就像以手捉月、舍花逐香吗？哪里可得呢？

“看脚下”的第三个精神，是以法为灯，以自为灯，去除依赖的心。

山中的烛火熄了，要照看自己的脚下，要以自己的眼睛和心灵为灯，小心地走路。

这个世界上虽有许多人可以告诉我们远处美丽的风景，却没有一个人能代替我们走茫茫的夜路。

只要点燃心中的灯，一心一意地生活下去，便可以展现充实的生命。

一般人无法见及生命的丰盈，不能免于恐惧，只缘于没有脚跟着地罢了。

我们的灯如果燃起，就可以照看到“看脚下”的最高境界，即云门禅师所说的“日日是好日”，不管晴、雨、悲、喜，身心都能安然，甚至连心痛的时刻，都能知道明日可能没有心痛之境而坦然欢喜。

“日日是好日”，表面上是“每天都是黄道吉日”的意思，但内在里更深切的意义是“不忧昨日，不期明日”，是有好的心来看待或喜或悲的今天，是有好的步伐去穿越每日的平路或荆棘，那种纯真、无染、坚实的脚步，不会被迷乱与动摇。

在喜乐的日子，风过而竹不留声；在无聊的日子，不风流处也风流；在苦恼的日子，灭却心头火自凉；在平凡的日子，有花有月有楼台——随处做主，立处皆真，因为日日是好日呀！

“看脚下”真是一句韵味深长的话，这是为什么从前把修行人走的路叫作“虎视牛行”——有老虎一样炯炯的眼神和牛一般坚实的步伐——也叫作“华严狮子”——每一步都留下深刻的脚印。

从远的看，人生行路苍茫，似乎要走很多的步幅；从近的看，生死之间短促，只是一步之间，在每一步里，脚底都有清凉的风，则每一步都不会错过。

那么，不管灯熄灯亮，不管风雨雷电，不管高山深谷，回来看脚下吧！脚下虽是方寸，方寸里自有乾坤。

心眼同时，会心一笑

尽说拈花微笑是，
不知将底辨宗风；
若言心眼同时证，
未免朦胧在梦中。

——白云守端禅师

禅的起源有一个美丽的说法，经典上说："世尊在灵山会上，拈花示众，是时众皆默然，唯迦叶尊者破颜微笑，世尊曰：我有正法眼藏，涅槃妙心，实相无相，微妙法门，不立文字，教外别传，付嘱摩诃迦叶。"短短六十余个字，给我们美丽非凡的联想，禅的开始就是这么多了，除了这些，世尊没有再交什么给迦叶了。

我每次想到禅的开始，就好像自己要拈花又要微笑的样子，心里有着细致的欢喜。直到有一天，我正喝茶的时候品味这段话，突然生起两个想法：

一是，当释迦牟尼佛拈花的时候，幸好有迦叶尊者适时微笑，万一佛陀拈花的时候，灵山会上那么多的菩萨竟没有一个人微笑，这世界就没有禅了。

二是，万一佛陀拈花时，迦叶还来不及微笑，在场的菩萨同时哄堂大笑，那么，这世界也就没有禅了。

因此，“拈花微笑”四个字是多么美。一个是拈花，那样优雅；一个是微笑，那么沉静。两者都有着多么温柔的态度和多么庄严的表情呀！

“拈花微笑”使我想到，佛陀早就想要拈花，而迦叶也早就准备好微笑了，然后，在适当的场地，适当的时间，佛陀的拈花与迦叶的微笑，才使得禅有一种美好的开端。

现在，佛早就离开这个世界，留存在世界的是山河大地还有无数的众生，如果依佛所说，山河大地与六道众生都与如来无异。

我们可以这样说，山河大地与我们所遇到的一切众生，无时无刻都在对我们拈花，只可惜我们不知道在适当的时间里微笑罢了。

我觉得，一个人想要进入禅的世界，一定有对世界微笑的准备，这种微笑，是生活的会心。因为，禅不应该有勉力而为的态度，一个人要得到禅，是要进入自然之道，有一种美好安定的心，等待心性开启的一刹那，就好像一朵花等待春天。

禅是一种直观的开悟，而不是推论的知识。禅的智慧与一般知识最大的不同，是知识里使用眼睛与意识过多，常使宇宙的本体流于

闭着眼睛在阴雨的黑夜，

知道月亮或圆或缺并不失去，

在好天气时，果然看到月的所在和月的光芒，

这是明眼人的境界。

零碎的片段；禅的智慧是非常主观的，是心与眼睛处在统一状态的整体。

以一朵花为例，没有会心的人看花，会立即想到这花是玫瑰花，颜色是红色，要剪下插在那里才好看，或者要把它送给别人，我是主，花是客，很难真正知道或疼惜一朵花，对待一朵花，我们多的是理性客观的态度。现在，我们把这种态度翻转，使它进入一种感性主观的风格，我就是花，花就是我，我的存在就像一朵花开在世界，我的离去，就好像花朵的凋落一般，我们只是生命的表相，那么，生命的真实何在？这就是智慧者的看花之道。

与人相处，与因缘会面，如果我们也有像看花一样的主观与感性，我们的“会心”就使我们容易有悟。

在禅里有这样的故事：

> 有一个人走在路上，突然听见一阵凄哀的哭声，走过去一看，原来是一只朝生暮死的小虫在那里哀号。
>
> 他就问：“你为什么哭？”
>
> 小虫说：“我的太太死了，我下半辈子不知道要怎么过？”
>
> 那个人不禁哑然失笑，因为那时已过了中午，小虫再过半天就要死了，不过，他立即悟到，小虫的半天与我们的半生，在感受上，一样漫长；在实相上，一样短暂！

民国初年的高僧来果禅师，有一次在禅定中突然听到一阵哭喊，他步下禅床，寻声而往，看到一只跳蚤从床上跌下来，摔断了脚，正在那里哀嚎。那时他知道了：跳蚤的喜怒与人无异，而人如果只有生命的表相，又和跳蚤有什么不同呢？

我们在生活中，一切都是现成的，就在我们的眼前，可是常常被我们变成名相，如果能转回原来的面目，禅心就显露了。

曾经有一位僧人问法眼文益禅师："要如何披露自己，才能与道相合？"

法眼回答说："你何时披露了自己，而与道不相合呢？"

我们在对境时常发生两种情况：一种是对境界的漠然，以至于无感；另一种是处处着相，以致为境所迁累。我们应该时时保有会心的一笑，心眼同时的直观，然后在感性的风格里超越。

法眼文益有一首美丽的诗：

幽鸟语如簧，柳摇金线长。
云归山谷静，风送杏花香。
永日萧然坐，澄心万虑忘。
欲言言不及，林下好商量。

在生活的会心里，我们时常做好一笑的准备，会使我们身心自在，处在一种开朗的景况，也使我们的心为之清澄，那么，不可思议的一悟就准备好了，只等待那闪电的一击。

手中的弓箭，离弦射出的时候，早已在眼中看到天空飞行的雕随箭而落。这是神射手的境界。

闭着眼睛在阴雨的黑夜，知道月亮或圆或缺并不失去，在好天气时，果然看到月的所在和月的光芒，这是明眼人的境界。

当法眼说："看万法不用肉眼，而是透过真如之眼，即法眼道眼。道眼不通，是被肉眼阻碍了。"使我们知道禅师是心眼合一的神射手！是处处都有会心的明眼人！

因此，拈花的时候，微笑吧！不拈花的时候，准备好微笑吧！

净然一瞥

净然，竟然这样突然地走了！

净然，百年一遇的佛教奇才，竟然梦一样地来，梦一样地走了！

净然从当家师升任灵谷寺的住持，三十三岁，是灵谷寺一千多年来最年轻的住持。人人赞叹史未曾有！

因为看重，星云大师和了中长老还特别到灵谷寺，为净然升座。附近的信众群聚瞻仰台湾来的大师，也想亲眼看看传闻中俊美、年轻、博学的新住持。

灵谷寺可不是一般的小庙，从梁武帝时期，开山的宝志禅师就是一代宗师，望风景从的人曾踩平殿阶，一直到净然接任的时候，还有一千多人聚在这里修行，是中国屈指可数的大丛林[①]。

2008 年夏天，我应星云大师之邀，到扬州的鉴真图书馆演讲，曾因缘巧遇地与净然法师一会。

在扬州演讲后，接待的慧炬法师开车载我去南京，途中接到南京

① 丛林：指佛教的大寺、院，僧众共住一处，好像树木众集，如森林一般。

栖霞寺的邀约。这座星云大师曾经住过的寺院正在举办大学生的佛学夏令营，住持听说我到南京，热诚地请我顺道在栖霞寺演讲。

学佛的人随缘而住，我们便去了栖霞山。演讲结束，寺里的当家师谛如自愿开车带我们游南京。

谛如法师年轻潇洒、幽默风趣，对南京的历史典故了如指掌，谈笑风生，使我们一路开怀大笑，尤其是他对京剧、昆曲的钻研甚深，沿路还唱了几段戏曲，颇有职业水准。

我看着一边开车一边唱曲的谛如法师，想到一路上遇见的中国青年法师，多是博学多才，堪为法门龙象，不禁为中国佛教的未来深感庆幸。

我们登过了中山陵，谛如法师说："我带你们去灵谷寺吧！就在中山陵的边上，那里的当家净然法师和我很熟，与慧炬也很熟。"

"就是宝志禅师那个灵谷寺吗？"我问。

"是呀！灵谷寺和我们栖霞寺都是千年古寺，所以一向都有来往。净然法师最近就要升住持了，才三十出头，毛头小伙子要主持有一千多人的千年古刹，不只现在没有，历史上也没有。"谛如法师说。

慧炬法师也说："在中国大陆当住持要有住持证明书，不是很容易，尤其是这千年大庙，要不就是关系特别好，要不就是才华出众，净然法师显然是后者。他从小出家，又是佛学硕士，是中国大陆极力栽培的佛教人才，灵谷寺住持在佛教界地位是很崇高的。"

谈话间，我们的车已停在灵谷寺外的广场上了。下车前，谛如法师特别叮嘱我："净然法师博学多闻，人又热情，常常话匣子一开就

佛教不只是老年人的宗教，

也是青年人的宗教；佛法不只是老人的往生之法，

也是青年人的修心之法。

停不了，林老师注意一下时间，不然会赶不上我们在夫子庙的约会。”

净然法师早就站在寺门口迎接我们了。果然是气质出众的和尚，见面就说：“很多年前就读过林老师在作家出版社出版的菩提系列，真是获益良多。”

我们沿着古意盎然的回廊和石阶前行，净然一一为我们介绍：“宝志禅师的灵异事迹很多，被人认为是观音菩萨的化身，一千多年来，我们寺里也就特别讲究观音法门。”

看着笑意盈盈的年轻法师，站在苍古肃穆的庙庭，想到佛陀出家时更年轻，三十岁就成道了。三十岁已堪当大任，宝志禅师若灵明有知，也会有几许欣然吧！再看看慧炬法师与谛如法师，中国佛教的未来令人期待。

灵谷寺的庭中种了几盆花木，净然法师指着那些花，说：“这些花盆都是颐和园的老盆子，从北京运来的，有上百年的历史了。”

“哇！这么珍贵的东西就随便摆在外面，不怕被偷吗？”

“菩萨保佑！不会有人到佛门来撒野的。更珍贵的是我们的庙，快一千五百年了。还有更珍贵的是佛法，无形的比有形的，更有价值。”

最后，我们参观了玄奘法师的项骨舍利，是真的在玄奘法师火化时烧出来的，晶莹剔透。为了强化玄奘的伟大，供舍利的殿里，整面墙是铜塑的玄奘取经图，玄奘的铜像面容宛然，栩栩如生，也是一个青年俊美的法师。佛教不只是老年人的宗教，也是青年人的宗教；佛法不只是老人的往生之法，也是青年人的修心之法。这一点，历史上的成就者是历历可证的！

我们在夕阳西下时，向净然法师道别。他特别送我一本《灵谷寺志》，并许了往后之约，他说："不久之后，我会去台北访问！"

"到了台北，一定要通知我呀！"

净然法师热诚地注视着我，那一瞥，反射着夕阳的金光。

"假以时日，这一定是大师级的人物！"我心里想着。

真是非常可惜，也非常沉痛，妻子看了新闻告诉我："在灵谷寺接待过我们的净然法师，被人打死了！"这使我心痛莫名，也惊吓莫名！

使我惊吓的是，净然法师竟死于非命，可见修行是多么艰难的道路。证件遗失的小事，竟使人完全蒙昧无明，心生杀机，一念一念，每一念都是艰难。

使我心痛的是，净然法师的骤逝，是中国佛教的大损失。

千年老寺交给年轻住持，本将有一番作为，并且起带头作用，一洗佛门的陈规。可叹复可悯，那火熄了，美好的火种被嗔念浇熄了。

想到临别时，净然法师那真诚的一瞥，我感到天地沉黑，河山混沌，良可哀也！

净然法师！为了未了的愿，转身再来吧！

青山元不动

我从来不刻意去找一座庙宇朝拜。

但是每经过一座庙，我都会进去烧香，然后仔细地看看庙里的建筑，读着到处写满的、有时精美得出乎意料的对联，也端详那些无比庄严、穿着金衣的神明。

大概是幼年培养出来的习惯吧！每次随着妈妈回娘家，总要走很长的路，有许多小庙神奇地建在那一条路上，妈妈无论多急地赶路，必定在路过庙的时候进去烧一把香，或者喝杯茶，再赶路。

爸爸出门种作的清晨，都是在庙里烧了一炷香再荷锄下田的。夜里休闲时，也常和朋友在庙前饮茶下棋，到星光满布才回家。

我对庙的感应不能说是很强烈的，但却十分深长。在许许多多的庙中，我都能感觉到一种温暖的情怀，烧香的时候，就好像把自己的心情放在供桌上，烧完香整个人就平静了。

也许不能说只是庙吧，有时是寺，有时是堂，有时是神坛，反正是有着庄严神明的处所，与其说我敬畏神明，还不如说是一种来自心灵的声音，它轻浅的弹奏而触动着我；就像在寺庙前听着乡人夜晚弹奏的南管，我完全不懂得欣赏，可是在夏夜的时候聆听，仿佛看到天上的一朵云飘过，云后闪出几粒晶灿的星星，南管在寂静之夜的庙里就有那样的美丽。

新盖成的庙也有很粗俗的，颜色完全不调谐地纠缠不清，贴满了花草浓艳的艺术磁砖，这时我感到厌烦；然而我一想到童年时看到如此颜色鲜丽的庙就禁不住欢欣跳跃，心情便接纳了它们，正如渴着的人并不挑拣茶具，只有那些不渴的人才计较器皿。

我的庙宇经验可以说不纯是宗教，而是感情的，好像我的心里随时准备了一片大的空地，把每座庙一一建起。因此庙的本身是没有意义的。记得我在学生时代，常常并没有特别的理由，也没有朝山进香的准备，就信步走进后山的庙里，在那里独坐一个下午，回来的时候就像改换了一个人，有快乐也沉潜了，有悲伤也平静了。

通常，山上或海边的庙比城市里的更吸引我，因为山上或海边的庙虽然香火寥落，往往有一片开阔的景观和天地。那些庙往往占住一座山或一片海滨最好的地势，让人看到最好的风景。最感人的是，来烧香的人大多不是有所求而来，仅是来烧香罢了；也很少人抽签，签纸往往发着黄斑或尘灰满布。

城市的庙不同，它往往局促一隅，近几年，因大楼的兴建更被围得完全没有天光；香火鼎盛的地方过分拥挤，有时烧着香，两边的肩膀都被拥挤的香客紧紧挟住了。最可怕的是，来烧香的人都是满脑子的功利，又要举家顺利，又要发大财，又要长寿，又要儿子中状元。

我知道的一座庙里，没几天就要印制一次新的签纸，还是供应不及，如果一座庙只是用来求功名利禄，那么我们这些无求的、只是烧香的人，还有什么值得去的呢？

去逛庙，有时也有意想不到的乐趣。有的庙是仅在路上捡到一个神明像就兴建起来的，有的是因为长了一棵怪状的树而兴建，有的是那一带不平安，大家出钱盖座庙。在台湾，山里或海边的庙宇盖成，大多不是事先规划设计，而是原来有一个神像，慢慢的，一座座供奉起来；多是先只盖了一间主房，再向两边延展出去，然后有了厢房，有了后院；多是先种了几棵小树，后来有了遍地的花草；一座寺庙的宏规历尽百年还没有定型，还在成长着。因此使我特别有一种时间的感觉，它在空间上的生长，也印证了它的时间。

观庙烧香，或者欣赏庙的风景都是不足的；最好的庙是在其中有一位得道者，他可能是出家修炼许久的高僧，也可能是拿着一块抹布在擦拭桌椅的毫不起眼的俗家老人。在他空闲的时候，我们和他对坐，听他诉说在平静中得来的智慧，就像坐着听微风吹拂过大地，我们的心就在那大地里悠悠如诗的醒转。

如果庙中竟没有一个得道者，那座庙再好再美都不足，就像中秋夜里有了最美的花草而独缺明月。

我曾在许多不知名的寺庙中见过这样的人，在我成年以后，这些人成为我到庙里去最大的动力。当然我们不必太寄望有这种机缘，因为也许在几十座庙里才能见到一个，那是随缘！

最近，我路过新北市的三峡镇，听说附近有一座风景秀美的寺，便放下俗务，到那庙里去。庙的名字是“元亨堂”，上千个台阶全是用一级级又厚又结实的石板铺成，光是登石级而上就是几炷香的功夫。

庙庭前整个是用整齐的青石板铺成，上面种了几株细瘦而高的梧桐和几丛竹子；从树的布置和形状，就知道不是凡夫所能种植的。庙的设计也是简单的几座平房，全用了朴素而雅致的红砖。

我相信那座庙是三莺一带最好的地势，站在庙庭前，广大的绿野蓝天和山峦尽入眼底，在绿野与山峦间一条秀气的大汉溪如带横过。庙并不老，对于现在能盖出这么美的庙，使我对盖庙的人产生了最大的敬意。

后来打听在庙里洒扫的妇人，终于知道了盖庙的人。听说他是来自外乡的富家独子，一生下来就不能食荤的人，二十岁的时候发誓修性，便带着庞大的家产走遍北部各地，找到了现在的地方，他自己拿着锄头来开这片山，一块块石板都是亲自铺上的，一棵棵树都是自己栽植的，历经六十几年的时间才有了现在的规模；至于他来自哪一个遥远的外乡，他真实的名姓，还有他传奇的过去，都是人所不知，当地的人只称他为“弯仔师父”。

“他人还在吗？”我着急地问。

“还在午睡，大约一小时后会醒来。”妇人说。并且邀我在庙里吃了一餐美味的斋饭。

我终于等到了弯仔师父，他几乎是无所不知的人，八十几岁还健朗风趣，上自天文，下至地理，中谈人生，都是头头是道，让人敬服。我问他年轻时是什么愿力使他到三峡建庙，他淡淡地说："想建就来建了。"

谈到他的得道。

他笑了："道可得乎？"

叨扰许久，我感叹地说："这么好的一座庙，没有人知道，实在可惜呀！"

弯仔师父还是微笑，他叫我下山的时候，看看山门的那副对联。

下山的时候，我看到山门上的对联是这样写的：

青山元不动
白云自去来

那时我站在对联前面才真正体会到一位得道者的胸襟，还有一座好庙是多么地庄严，他们永远是青山一般，任白云在眼前飘过。我们不能是青山，让我们偶尔是一片白云，去造访青山，让青山告诉我们大地与心灵的美吧！

我不刻意去找一座庙朝拜，总是在路过庙的时候，忍不住地想：也许那里有着人世的青山，然后我跨步走进，期待一次新的随缘。

一念一念，如是如是

下篇

安顿身心

心有时很大，大到可以和诸佛平等，

我们应该勇于进入自己的生命经验，勇于肯定心的感觉。

无明如是，有爱如是，

一切烦恼也应该作如是观。

一切水月

一性圆通一切性，

一法遍含一切法；

一月普现一切水，

一切水月一月摄。

——永嘉玄觉禅师

铁眼禅师是刻印日本藏经的第一人，他在年轻时发愿要刻一套日文版的藏经，一共有七千余卷，大家都觉得是不太可能的梦想，但铁眼却一个人默默地去实践梦想。

铁眼开始到各地去沿门托钵，以筹募刻印藏经的金钱，他每天出门时虔诚得像去讲经，对于每一位奉献印经的人，就好像面对菩萨一样的感恩。

经过了十年之久，铁眼和尚终于筹足了资金，准备开版印制藏经。很不巧的是，当时宇治川河水泛滥，由于严重的水灾，带来了很大的饥荒，铁眼和尚便把筹印藏经的钱全部拿出来救济灾民。

等到饥荒过后，他又开始每天沿门托钵，经过了几年，当他准备再度开版印经的时候，日本发生了传染病的大流行，铁眼于是又把要刻藏经的钱，拿来济助不幸的灾民。

传染病过后，铁眼又像以前一样沿门托钵，却总是一波三折，二十年后，铁眼才把日本第一套藏经印成。这套大藏经的初版雕板，一直到今天还保存在京都的黄檗寺，像铁眼慈悲心切、行愿深长，而使佛教智慧深植日本的故事真是非常动人。

到现在，日本人还这样告诉子孙："铁眼刻了三套藏经，前两套不见形状，但比第三套还要殊胜。"

学习禅道的人虽然讲空，"空"并非漠视人生的一切，而是一种不执着的心，铁眼和尚发下大愿要印藏经，但他并不执着于印经，他深知法界平等无二之理，如果对人没有真实的慈悲，刻印藏经就流于形式、失丢意义了。这使我们想到西方哲学的命题："在一场火灾中，选择一幅价值连城的名画和一只平凡的猫时，我们要选择哪一个呢？"

不用考虑，有慈悲心的人一定选择猫，而不选择名画，因为，生灵是最值得珍惜的，一个人不能真正疼惜生命，艺术也将失去最宝贵的依托。学禅者也是如此，若不能进入内在生命，看见光华的慈悲，则禅也成为一朵空中的花了。

在《指月录》里曾记载一则这样的公案：

学禅者也是如此，

若不能进入内在生命，

看见光华的慈悲，

则禅也成为一朵空中的花了。

有一位老太婆，建了一座茅庵供养一位和尚二十年，常常叫一位少女去送饭服侍。一天，老太婆教那少女送饭时抱住那位和尚问：“正这么时如何？”

少女遵从老太婆的话做，送饭时就一屁股坐在和尚腿上问道：“正这么时如何？”和尚表情严肃地说：“枯木倚寒岩，三冬无暖气。”（这就像一枝枯干的木头倚靠在寒冷的山壁，三年也生不起一点暖气。）

少女回来把和尚的话对老太婆说，老太婆生气地骂道：“我二十年供养只得个俗汉！”于是，放一把火烧了茅庵，把和尚也赶走了。

禅心是和谐之心，不是断灭之心；禅心是活泼之心，不是死寂之心；禅心是温暖如阳光之心，不是寒冷如冰雪之心；禅心是如如地注视生命，不是转头逃避生命。

禅心要不动如山，但山上有青翠的林木、鲜艳的花草以及响亮的鸟声、吹动的微风。

禅心要广大如海，但海里有汹涌的波浪、蔚蓝的颜色以及动人的潮声、活泼的水族。

山的承担、海的包容都是从认识生命的本质而生的，生命里如果没有暖气，禅心要从何而生呢？

真实的生命最重要，赵州从谂禅师有一个故事。有一位老太婆请人送钱给赵州，请他转藏经，赵州把钱收下，然后下禅床转了一圈，对送钱来的人说：“请告诉老太婆，转藏经已经完成了。”

赵州将自己当成藏经来转，与铁眼印的无形藏经，都是在教化我们：真实的般若是未说一字的，摆在墙上的藏经很重要，但它到底是形式的书，禅者的实践体验才是活的，比形式更重要。

只管去行

禾黍不阳艳，
竞栽桃李春；
翻令力耕者，
半作卖花人。

——径山杲禅师

当代的大法师宣化上人，有一次被一位在家居士问道："师父，我想修不倒单，不知道怎么去修？"

他回答道："刚开始修行的人，只要不捣蛋就好了，修什么不倒单！"

这个回答给我们很好的启示，生活在现代的人，由于资讯太发达了，许多人都想一步登天，想要一天两夜就解脱，反而生起更多的烦恼。也由于求法太方便了，一百块就可以买一本经书，坐一下汽车就可以参加法会，反而使人对法不知珍惜。

力耕是我的态度，

安顿身心是我的目标，

不管学什么，就是去行！

只管去行！

想到古人要读一本经很不容易，如果不到庙里，一般人家中根本不可能有一部经。古人要见一位法师，可能要步行数月，有时甚至经年。于是很自然对法、对师有一种庄严尊敬的态度，特别是在修行上能忍苦耐艰，往下深掘，现代人因为资讯发达、求法方便，对三宝的认识、对修行的实践，反而变得浮面了。

以现代人修行的三大宗禅、密、净为例，修禅的人往往花很多时间读语录、公案，以及对禅的论说，却很少能息下妄识心念，坐几炷香。习密的人则可能一个星期去灌七次顶，却不知道上师的传承和名字，甚至不肯在观想与持咒上用功夫。修净土念佛的人，只重视早晚功课，却在走出佛堂的时候我行我素，完全忘却了佛弘扬净土的本怀。

但这也不表示现代人有什么特别的毛病，若以“戒定慧”三学和“闻思修”三慧来看，现代人普遍的慧解强、定力弱、戒心薄，以及普遍的闻慧广、思慧浅、修慧浮。

在知识上，每一个现代人可能都胜过古人，可惜基于知识的习惯，使我们也失去了截生死河的直接，横超三界的勇力了。知识在资讯中泛滥，人心在新闻中浮动，使人很自然地失去自觉，以为参参公案、灌灌顶、念念佛也算是修行了。

修行者在态度上该奋力实践，在方法上则要念念分明，要有把自己的习惯、环境、身心做大翻转的准备。这种翻转是：“第一叫你去行，第二叫你去行！日日夜夜叫你去行，处处在在叫你去行！”

一行天下无难事！

我们在生活上一切的“有”都贵在实践，想要考到好学校要努力读书，想谋得好差事必须要尽职负责，想要去远地必须乘舟车飞机，这都是非要不可的实践。同样地，从禅里得到的“空”也贵在实践，想要安顿身心必须澄观内照，想要般若现起必须深入三昧，想要宏观宇宙必须契入法性。

生活、生命、禅心都没有不实践就获得的道理。

我想这也是现代人最可惜的地方，对宗教有兴趣的人很多，真想躬身践履的却很少，听见宗教的议论感到欢喜者众，真正想融入法的欢喜者寡。岁月就在其中蹉跎了，时间就在其中流失了，生命就在其中老去枯萎，等到发现非实践不可之时，已经来不及了！

永嘉禅师说：

吾早年来积学问，
亦曾讨疏寻经论；
分别名相不知休，
入海算沙徒自困。

行亦禅，坐亦禅，
语默动静体安然；
纵遇锋刀常坦坦，
假饶毒药也闲闲。

在生活里的锋刀与毒药很多，都是学问、知识、资讯不能解决的，如果把大部分时间用来追求这些不断在变动的东西，就像到海里去算沙子有多少一样，只是徒生烦恼罢了！

为什么要进入宗教？为什么要学习禅道？为什么要比一般人有更大的承担？这些无非在安顿我们的身心，无非是在解决生命的出路！如果以此为目标，知识学问是无能为力的，唯有去行！去禅定！去实践！去开发智慧！才可能见到生命的曙光。

文前引的径山杲禅师的偈：“禾黍不阳艳，竞栽桃李春；翻令力耕者，半作卖花人。”——在这个动荡的时代，桃花李花的价钱超过稻子玉米，使得许多努力耕种的人，都去卖花，不肯耕作了，实在是非常可悲。

桃李虽艳丽，花虽然好卖，我还是要老实耕田，即使全世界的人都去卖花，我还是要耕田，而且要深耕、力耕，不被桃李所惑。

力耕是我的态度，安顿身心是我的目标，不管学什么，就是去行！只管去行！

执着破，智慧开

蚕，生生世世都吃桑叶，不肯吃别的树叶，古今中外的蚕都如此，没有一只例外。就是这种执着使它们不能变成更进化的动物，不能往更好的道路迈进。

蝴蝶，这种蚕的近亲，也是只吃花蜜，不吃别的东西，从生到死都是如此。我就想，蝴蝶一定是上辈子不肯吃苦，只想吃甜，所以会轮回做蝴蝶。因为这种执着，它不可能进化。而且，同一品种的蝴蝶，身上的斑点不会多一点也不会少一点。我小时候养过蝴蝶，知道一种蝴蝶如果身上是九个斑点，那么同种类的每一只都是九个斑点，没有例外。蛾也是一样，夏天的每一个夜晚，蛾都来扑火，世世代代如此。

这些现象都是由执着而来的，这种执着如果可以破，就可以往前迈进。我想，如果有一只比较有智慧的蚕，有一天吃了别的树叶，发现，“咦，别的树叶也很好吃！”开始吃别的树叶，这个时候，这只蚕的内在就起了革命，破除了小小的执着，而往前进化。

不管是多么小或多么大的动物，都是一样有所执着的。各位都看过猫熊，猫熊已经濒临绝种，因为它只吃箭竹这种植物，偏偏这世界上猫熊很少，箭竹也很少，而且越来越少，猫熊当然就有绝种的危机。如果有一天，猫熊肯吃吃木瓜，吃吃西瓜，猫熊的种族就可以得到延续，智慧可以得到开启。

执着是非常可怕的。我曾把执着比喻为不流动的水，久了以后一定会发臭。水都是流动的，一直流动，就不会发臭，水被执着了，限在一个池塘里，就会发臭。

所以，执着的破除，是我们活在眼前最要紧的一件事。

只要认识眼前的执着，要破除便是简单的。就好像我们拿起一个苹果来吃，把这个苹果切开，我们很容易算出这个苹果里面有几颗种子，因为这是我们眼前的苹果。可是我们无法推算长出这一个苹果的树上长过多少苹果。吃过苹果，把种子拿出来埋在土里，种子长大成树，能长出多少苹果，我们同样无法预测。我们所能掌握的是，现在我在吃一个苹果，并且可以清楚地算出这个苹果里有几颗种子。

也就是说，面对眼前的执着，我们就可能破除将来的执着，或者以前的执着。然后我们人格的塔就会慢慢地建造起来。

前一阵子，《自立晚报》跟《自由时报》上有过一场论战，是作家宋泽莱跟很多的师父、居士们的论战，讨论关于小乘、大乘佛教修行的争议。我读了这次论战的文章，深刻感觉到这是刀刃与刀柄的争执。

分别心与平等智

番薯的见解

朋友告诉我一个真实故事，说他的两个孩子太好命了，这也不吃，那也不吃，因此，吃饭时间就成为父母的头痛时间。

朋友出生于台湾光复初期，每到用餐时间就不免唠叨："我们小时候哪有这么好命？连饭都没得吃，三餐都是番薯配菜脯。你们现在有这么多菜还不吃，真是够挑剔！"

唠叨的次数多了，小孩子都不爱听。有一天，他又在继续"念经"，大儿子就说："爸爸，番薯真的那么难吃吗？我甘愿吃番薯，也不吃这些大鱼大肉。"小女儿也说："甘愿吃菜脯！"

朋友生气了，第二天真的跑去市场，找半天才找到烤番薯，又买了一些萝卜干，晚餐就吃番薯配菜脯。

两个孩子吃了吓一跳，在爸爸嘴里吃"番薯配菜脯"是恐怖的事情，没想到吃起来却那么好吃。两人商议半天，一起对爸爸说道："爸爸，番薯真好吃，我们以后可不可以每天吃番薯配菜脯？"

番薯本身是没有好吃或不好吃之说的，由于个人经验的不同，个人观点的差异而生起差别的心。

就在不久之前，我到阳明山的日月农庄去，看到有人卖烤番薯，每十五分钟才能开缸一次，每次一开缸，番薯立刻就卖完。我带着孩子排了四十五分钟才买到，一斤五十元，说起来真是难以置信。为什么要排那么久的队呢？因为有许多孩子什么山珍海味都不吃，只吵着要吃烤番薯。

"哇！这番薯够香够好呀！"这样的赞叹此起彼伏。

不准礼佛

星云法师在大陆当学僧的时候，发现在大陆的佛学院里，训导处每遇到学生犯错，就处罚他们去拜佛忏悔，譬如说"罚你拜佛一百零八拜"。或者处罚学生跪香——别的学生都睡觉时不准睡，要在佛前跪几炷香，悔过完了才可以就寝。

久了之后，学僧将拜佛和跪香都视为畏途，还是少年的星云法师感触很深：拜佛与跪香是何等庄严欢喜的事，怎可用来处罚学生呢？

后来，他在佛光山办丛林学院，有犯错的学生，就规定他们不准做早晚课、不准拜佛。每次别的学生在做早晚课或拜佛时，就罚他们站在大殿外看，就是不准礼佛。被罚的学生心里着急得不得了，虽然身不能拜，心也就跟着拜了。要是碰到犯错比较轻微的学生，就处罚他们提早就寝，躺在床上不可起床。学生们在床上翻来覆去睡不着，想到别人都在用功办道，心里就忏悔得不得了。

一旦不准拜佛的学生解禁，准予拜佛了，往往热爱拜佛，拜得涕泪交零；一旦不准跪香、只准睡觉的学生解禁，往往在佛菩萨面前流泪忏悔，再也不敢贪睡、贪玩了。

当星云法师的弟子告诉我这个故事时，我非常感动，这也就是星云法师之所以成为“星云大师”的原因了。

大师的诞生，原非偶然。

蟑螂与福报

在家里不杀蚊虫和蟑螂，原因是我们认识到蚊虫、蟑螂乃是“业”的呈现，不是偶然的。

但是蚊虫易于防范，只要注意纱门、纱窗就可以免于侵扰。蟑螂却不行，它们无所不在，或从花圃，或从水管里爬出来，与我们共同生活。不过，只要把它当作蝉或蝴蝶之类，也就相安无事了。

比较不好意思的是有客人来的时候，它们依然会在家里走来走去，大摇大摆，有时会吓到客人，因此每次客人来的时候，我就昭告家中蟑螂：“今天有客人，你们暂时躲一躲，等客人走了，再出来吧！”

蟑螂很通人性，经常会给我面子。

但是，偶有出状况的时候。有一次，三位西藏喇嘛来家里作客，有两只蟑螂大摇大摆地爬过桌子，我示意它们快躲起来，它们却充耳不闻。正尴尬的时候，一位喇嘛说：“林居士，你是很有福报的

人生的黑夜也没什么不好，

愈是黑暗的晚上，月亮与星星就愈是美丽了。

人呀！”

我正感到迷惑，他说：“在西藏，由于蟑螂少，家里有蟑螂是象征那一家人有福报，如果没有福报，蟑螂都懒得去呢！”

从此，我对家里的蟑螂更客气，看它们奔跑，我说：“嘿！走慢点，别摔跤了！”看到蟑螂掉在马桶里，我把它捞起来，说：“游泳的时候要小心呀！”——我总是记着：我是有福报的人，所以它们才愿意来投靠我。

有一次，家里重新刷油漆，油漆工翻箱搬柜，工作了一星期，当工作结束时，工头一面收钱，一面向我邀功说：“林先生，这一星期我至少帮你踩死一百只蟑螂。”

我听了怅然悲伤，说：“哎呀！你好残忍，我养了好几年蟑螂才养到一百多只呢！你一星期就踩死了一百只。”

工头愣在那里，很久说不出话来。

分别心

我们凡夫对世间万象总会生起分别的执着，对现前的事物产生是非、善恶、人我、大小、美丑、好坏等种种的差别观感，这种取舍分别的心正是障碍佛道修行的妄想情执，这种心也称为“执着心”、“涉境心”。

依照《摄大乘论》的说法，凡夫所起的分别，是由迷妄所产生的，与真如的理不相契合，如果要得到“真如的心”，就必须舍离凡夫的分别智，依无分别智才行。

菩萨在初地入见道的时候，缘一切法的真如，超越“能知”与“所知”的对立，才可能获得平等的无分别智，所以才说：“大道无难，唯嫌拣择。”

“分别心”的对待是“平常心”，平常心不是没有是非、善恶、人我、大小、美丑、好坏的智觉，而是以心为主体，不被是非、善恶、人我、大小、美丑、好坏所转动、所污染。

让我们再来复习一下马祖道一和南泉普愿禅师的话——

“道不用修，但莫污染。何为污染？但有生死心，造作趋向，皆是污染。若欲直会其道，平常心是道。谓平常心无造作、无是非、无取舍、无断常、无凡无圣。”

“道不属知，不属不知；知是妄觉，不知是无记。若真达不拟之道，犹如太虚廓然洞豁，岂可强是非也。”

平等智

《法华经科注》说：“平等有二：一法平等，即大慧所观中道理也；二众生平等，谓一切众生皆用因理以至于果，同得佛慧也。”

“平等”是佛教里最重要的思想，所以，佛陀经常勉励菩萨，要有平等心、平等力、平等大悲、平等大慧，然后由平等观、平等觉、平等三业证入平等性智、平等法身。

《华严经离世间品》里说菩萨有十种平等：一切众生平等、一切法平等、一切刹平等、一切深心平等、一切善根平等、一切菩萨平等、一切愿平等、一切波罗蜜平等、一切行平等、一切佛平等——“菩萨若安住此法，则得一切诸佛无上平等之法。”

《大方等大集经》则举出众生的十种平等：众生平等、法平等、清净平等、布施平等、戒平等、忍平等、精进平等、禅平等、智平等、一切法清净平等——“众生若具此平等，能速得入无畏之大城。”

平等，是一切众生入佛智的不二法门，“不二”，也是平等。

平等，也是一切菩萨修行、契入大悲与大智的不二法门。

无相大师

从前有一位无相大师，收了两位弟子，一位敏慧，一位愚鲁。

无相大师平常教化弟子常说：“修行人最重要的就是宁做傻瓜。”

两位弟子都谨记在心。

有一天下大雨，寺庙的大殿好几处漏雨，无相大师呼唤弟子说：“下大雨了，快拿东西来接雨。”

敏慧的弟子提着一个小桶冲出来，师父看了很生气：“下这么大的雨，你提这么小的桶怎么接？真是傻瓜！”弟子听了很不高兴，桶一放，就跑了。

愚鲁的弟子匆忙间找不到桶子，随手取了一个竹篓冲出来，师父看了又好气又好笑，就笑着说：“你真是天下第一号大傻瓜，有漏洞的竹篓怎么能接雨呢？”弟子看到无相大师笑得那么开心，又想到师父平常的教化——修行人最重要的就是宁做傻瓜，心想：现在师父说我“天下第一号大傻瓜”不是最大的赞美吗？一时心开意解，悟到应以“无漏心”来接天下的法雨，立即证入平等性，因此就开悟了。

黑夜的月亮与星星

在人生里也是这样，要有无漏的心，要有平等的心，那些被欲望葛藤所缚、追名逐利、藐视众生之辈，或者看我是傻瓜，但无所谓，因为“愚人笑我，智乃知焉”。

半杯水，可以看成半空而惋惜，也可以看成半满而感到无比庆幸。

天下没有最好吃的食物，饥饿的时候，什么食物都好吃。

天下也没有最好的处境，心情好的时候，日日是好日，处处开莲花！

天下没有最能开启觉悟的情与境，有清净心，平等看待生命的每一步，打破分别的执着，那就是觉悟最好的情境。

在不能进的时候，何妨退一步看看？

在被阻碍的路上，何妨换一条路走走？

在被苦厄围困时，何妨转个心境体会体会？

天下没有永远的黑夜呀！黎明必在黑夜之后，那时就会气清景明、繁花盛开了。

人生的黑夜也没什么不好，愈是黑暗的晚上，月亮与星星就愈是美丽了。如果不是雪山的漫漫长夜，佛陀怎么会看见天边明亮的晨星呢？

痛苦来的时候

视生如在梦，
梦里实是闹；
忽觉万事休，
还同睡时悟。

——司空本净禅师

有一次我到一间寺庙去，看到寺庙后山盖了一个小小的关房，关房门口用极粗的木条封住，问了寺庙里的人，说是有一位法师在里面闭生死关，已经闭了许多年。

所谓的生死关，就是在入关前发愿，从此不再出关，一直到死为止，这是修行者能闭的最大的关了，我听到的时候，不禁肃然起敬。

“不过，很可惜，这位师父到中途的时候破关了，这是第二次闭关了！”寺里的人告诉我。

“为什么破关呢？”我问。

“因为闭关到第三年的时候，患了牙痛。”

“牙痛和生死有什么关系呢？”这一点使我感到十分好奇。

他说，有一天听见山上的关房哀叫的声音，跑上山查看，才知道闭关的法师牙齿痛得厉害，可是生死关又不能随便破，只好跑到山下的市镇找来牙医，牙医上山一看，建议法师暂时破生死关到城中就医，因为牙医的仪器巨大笨重，不可能搬到山上来。

法师起初执意不肯，忍了几天，发现再也忍不下去了，只好下山就医，等医好牙齿再重新闭生死关了。

听完这个故事，我绕着法师的关房绕行三匝，心里的感触很深，我们学禅修行的人动不动就说要了脱生死，要打破生死牢关，可是当生命的痛苦来袭时就会发现，了脱生死并没有那么容易。随便一个感冒就会使我们咳得全身震动，随便一个偏头痛就会使我们昏天暗地，随便一个牙痛就会使我们满地乱滚，生死关头哪有如此简易！

人生痛苦的本质就是很有修行的人也不能免除，何况是我们凡夫呢？

在《俱舍论》里分析过人生痛苦的本质分成三种：

一、苦苦——痛苦逼恼我们是苦的。

二、坏苦——快乐败坏时是痛苦的。

三、行苦——人生的无常生灭迁流是痛苦的。

这是为什么佛陀在第一次说法，就说出“四圣谛”的原因。

四圣谛就是“苦集灭道”：

苦——人生的本质是苦的。

集——苦的聚集是由于迷妄、烦恼和习气。

灭——灭掉苦的根本欲爱就能入涅槃。

道——这是唯一的解脱之路。

因此，我们可以这样说，禅的修行是对“苦集”的真实认识，然后直趋于“灭道”，那最基础的东西就是觉悟，觉悟到只要在世间，痛苦就是不可免的，要免除痛苦的方法就是出生死，是截断生死的大河。

即使是佛陀，在他的一生也有过许多病痛，他晚年得了风湿，是在雪山苦行时受了风寒，他吃了不新鲜的食物也和一般人一样拉肚子。在佛经里，只要两个佛见面，座下的菩萨就会互相问：“世尊少病少恼安乐行否？”（《法华经》）可见佛菩萨的病痛不见得是很少的，只是他们在痛苦之际有一个不动不染的清净的心。

这清净之心，使人可以在受屈时忍辱，在病苦时觉悟，在业障来时忏悔，在波动滚滚的人间生起智慧与定力。这清净的心使我们知道痛苦也不离因缘法，也是在生住异灭之中，世上并没有永不消失的痛苦呀！

寒山问拾得说：

“世间谤我、欺我、辱我、笑我、轻我、贱我、厌我、骗我，如何处治？”

拾得说：

“只是忍他、让他、由他、避他、耐他、敬他、不要理他，再过几年，看他如何？”

这里的他不只是外境，也可以用来面对人生的一切痛苦烦恼，禅者在痛苦来的时候不忧不畏、不浮不没，那是因为有深刻的定力，知道“法地不动，一切皆安”，知道“心净则国土净”，不被烦恼痛苦所转，而是坦然地面对和包容烦恼痛苦，渡过难关。

每一个痛苦的难关都是一个生死关呀！

以寻死之心活着

去年贫未是贫，

今年贫始是贫；

去年贫犹有立锥之地，

今年贫连锥也无。

——香严智闲禅师

从前有一对夫妇，因为遭遇了生活与经济的压力，陷入难以脱困的难关，到过年的时候，他们觉得痛苦不堪，于是商议两个人一起自杀。

正当他们准备自杀之时，一位远方的朋友来敲门，他们便像青年时代一样促膝长谈，一直谈到深夜，甚至忘记了要自杀的事。

第二天，朋友告辞了，夫妇俩面面相看，又想起自杀的事，妻子对丈夫说：

“昨天夜里我翻来覆去地想，只要我们能以寻死的心情活着，我们也许可以生存下去，渡过难关。”

丈夫说：“这也正是我想对你说的话。”

夫妻两人这样想时，心境整个为之扭转，不但有勇气继续活下去，甚至因“以寻死的心情活着”，而使内在世界得到新的、广大的开发。如此，不仅可以生存下去，远大的前景也如在目前了。

这是日本近代禅师关田一月在《禅的训练》一书中说的故事，他在结论时说：“每逢到人生绝境的时候，往往会出现一个新的意念而展开一个新的境界，只要我们稍稍忍耐，便有雨过天晴的时候。”

“以寻死的心情活着！”多么美呀！这个世界濒临难关，甚至准备自杀的人，只要能品味这句话，就会激发无比的勇气，自杀是多么怯弱的行为，以寻死之心活着来跨越苦难世界，这是承担，是决心，充满了奋斗的勇气。

在禅里，这样决然的心情，叫做“大死一番”、“悬崖撒手”、“向万里无寸草处行去”，不只是对悟道者有用，对一般人的生命历程也大有启发。

我们虽然同样住在一个世界，有的人觉得世界充满了压迫、威胁和难关，有些人却觉得世界美好、生动、充满了爱。这两种态度并没有什么对错，而是由自己的心情、意识、观点，生起了对世界的分别。很少人能理解到：“有着崇高超越的心情，自己的行为思想会随之崇高，所面对的世界也都变得崇高清净了。”也很少人能理解到：“人们承受的麻烦、挣扎、焦虑、艰难，都是背负自我执着的外壳。”因此人人想转动世界来使自己得到世俗的成功，却很少人愿意转动心灵来得到俗情的超越。

我们太执着于所习惯的世界，即使饱受折磨，也不愿全盘放下，因此新世界就不会展开了。

所谓“新世界”，就是自由的心、自觉的意识，由“打落桶底”、“以寻死的心情活着”而生起的。

有一位镜清道忥禅师，他的口头禅是“我失败了”、“我输了”、“我失利了”，可以说是“以寻失败的心情活着”，我们来看三个镜清的公案：

有一天，镜清在默读经文，一位僧人问他：

“师父，你念什么经呢？”

镜清说：“我正在让古人战百草。”稍停，镜清反问：“你明白吗？”

僧人说：“这种事，我从年少时就开始做了。”

“那现在怎么样了呢？”镜清再问。

僧人举起拳头。

镜清说：“我输了。”

荷玉来参镜清。

镜清问：“你从哪里来？”

荷玉说：“我从天台山来。”

镜清又问：“谁问你天台山？”

荷玉说："师父，你一下问天台山，一下不问，不是虎头蛇尾吗？"

镜清说："我今天失败了。"

新到的僧人参见镜清和尚。

镜清立起拂子。僧人说：

"久已向往镜清和尚来参见，怎么还有这种东西？"

镜清回答说："镜清今天失利！"

镜清之所以伟大，那是他常说："我失利了！我输了！我失败了！"他的境界中没有成败的执着，弟子以为在言语上击败了老师，事实不然，因为"失败者不会再被击败"，因为学生在心思上偏执，而老师则恒常超越。

这就是六祖说的："修证即非无，染污即不得。"得到了的人，得之无得，从抓紧悬崖的双手张开，却发现还稳稳地站着，只有微风飘动着衣带。

文天祥在被围城时曾说："存心时时可死，行事步步求生。"此所以他能在最后写出动人心魄的《正气歌》，人生没有什么可悲，可悲的是自断生路，失去了转动超越的心，试着转一个圈子吧！以寻死的心情活着，就没有不能走过的难关！把自己像镜清禅师一样压到最低的底线吧！人生是如此！禅何尝不如此！

皮肉与骨髓

吾本来兹土，
传法救迷情；
一花开五叶，
结果自然成。

——达摩祖师

达摩祖师将要圆寂的时候，把四个得意的弟子找来，问他们说："我要离开的时间已经到了，你们说说各自的悟境吧！"

第一位出来说的是道副，他说：

"如我所见，不执文字，不离文字，而为道用。"

（我们不应该执着文字，也不应该舍离文字，要把文字当作求道的工具使用。）

达摩说："汝得吾皮。"

接着，总持尼师出来说："我今所解，如庆喜见阿闳佛国，一见更不再见。”

（我所了解的是，就像庆喜看到阿閦佛的清净国土，一见到就没有相的执着了。）

达摩说：“汝得吾肉。”

再接着，是道育出来说：“四大本空，五阴非有，而我见处，无一法可得。”

（地水火风四大本来是空性，眼耳鼻舌身意五阴也不是实有的，依我的见解，这世界没有一法可得。）

达摩说：“汝得吾骨。”

最后出来的是慧可，他走出来后一句话也不说，向达摩顶礼，然后依位而站立，默然不语。

达摩应许他说：“汝得吾髓。”

这是在《景德传灯录》里的故事，因为这样，达摩后来把衣钵传给慧可，称为禅宗二祖，后代有许多禅师都认为慧可的悟境最高，而道副、总持尼、道育都没有真正了解达摩的心法，这个观点当然是没有错的，可是有一个问题很少被人思考到，就是在达摩的原意里，并没有贬抑其他三位弟子的意思，只是说明慧可的悟境最深刻罢了。而我们想一想，如果没有皮肉和骨骼，骨髓是不可能单独存在的，也会无所依附了。

在般若经典里，把般若分为文字般若、观照般若、实相般若三种，反过来看，道副说的是文字般若，总持尼和道育说的是观照般若，慧可说的是实相般若，文字与观照正是迈向实相的过程，是不可废弃的。

禅宗的典籍中有许多类似的记载，最为人熟知的是《维摩诘经》里维摩诘居士的一默，把“默然无言”，提到为悟境的最高境界，那是因为道远离了一切的言说，对一般人或者是不可解，然而不要说“道”，即使是人间的大悲大喜往往也是文字所不能着力，何况是真实的悟呢？这样一想，“无言”也不是不可体知的景况。

禅有超越与绝对的特质，透过世间智的任何方法都不能直趋那种超越与绝对，所以才说是“无智亦无得”，这才是究竟。

我们现在再来看几个有名的故事：

有一次，宰相裴休把自己解释佛理的文章，拿去向黄檗禅师请教，黄檗根本没有打开来看，放在一边，过了一会儿，才问裴休：“你了解了吗？”

裴休说：“我不了解。”他讲的是实话。

黄檗说：“你用我表示的方法去了解，也许可以把握禅的一二，如果用文字表达，就完全失去了吾宗的精神。”

有位和尚去请教赵州禅师，问说：

“什么是师父最重要的一句格言？”

赵州说：“我连半句格言也没有。”

那人疑惑地说：“你不是在这里做方丈吗？”

赵州说："是呀！做方丈的是我，并不是格言。"

有位和尚去问百丈禅师：

"世界上最奇妙的事是什么？"

百丈说："就是我独坐在大雄峰上。"

不管是黄檗、赵州或百丈，都给了我们同样的教化，不仅文字有其限制，就是问答的本身也是一种限制，并无法真切表明禅的要义。可是问题又来了，如果没有文字、语言、问答，那么公案、语录又要用什么来表达与记载呢？

这样我们也就回到达摩祖师对皮、肉、骨、髓开示的现场，禅心是骨髓，可是骨髓如果没有皮肉的包覆与滋养，是难以健全的。所

以，习禅的人要有一个开阔的人格与心胸，从皮肉到骨髓都有深切的认识，那么才能成就真实的人格，才是一个人的完成。

为什么禅师在得了骨髓之后，不失去慈悲的风貌，也有人格的圆融，那是因为他们知道悟不在皮肉，可是也不舍弃皮肉，若无世法与众生为皮肉，得了骨髓又能如何？我很喜欢达摩传衣钵给慧可时说的一段话，或者可以作为这种观点的佐证，他说：

“至吾灭后二百年，衣止不传，法周沙界，明道者多，行道者少，说理者多，通理者少，潜符密证，千万有余，汝当阐扬，勿轻未悟，一念回机，便同本得。”

那种“勿轻未悟，一念回机，便同本得”的教化，就是不舍皮肉的精神，也展现了禅师最慈悲的面容！

安心的时候

坐断恒沙界，
全心一物无；
浮云都散尽，
独耀一轮孤。

——君峰慧通禅师

在禅师开悟的过程中，似乎有一种状况产生在开悟之前，就是祈求安心。

“开悟”往往被人解得太玄，其实，如果我们把“开悟”两字拆开来看，“开”就像门被往外推一样，门外门内原本被一个木板区隔，用力一推，那区隔就打破了，打破区隔的门是一种“开”，使得门内的人可以看到门外优美的风景，门外的空气与消息也就能飘然入室。

“悟”则在左边是“心”，右边是“吾”，用白话说是“我的心”。我的心有两层含义，第一层是我的心本来就有了，第二层是我的心要由我自己来开。

因此，“开悟”是“打开我的心”，是极容易了解的，比较难的反而是找到门的所在，我们把找门的所在称为安心的过程。

安心之前，则是“觅心”。

二祖慧可对达摩祖师说：“我心不宁，乞师与我安心。”

达摩说：“将心来，与汝安。”

慧可沉默半晌，说：“觅心了不可得。”

达摩说：“与汝安心竟。”

从这一段对话，我们知道禅宗所说的“心”是无形无相的，不是心脏的那个心，既然是无形无相，何处可以觅得呢？既然不能觅得，就没有安不安的问题了。

禅宗的衣钵传到六祖，六祖慧能为了担心别人的争夺，向南方潜走，首先被惠明追到，惠明问了法，心中还有疑惑，问说：“上来密语密意外，不复有密意否？”

六祖说：“与汝说者，即非密也。汝若返照，密在汝边。”

当六祖说秘密就在你的身边，惠明得到了安心，他感慨说：“惠明虽在黄梅，实未省自己面目，今蒙指示，如人饮水，冷暖自知。”

“如人饮水，冷暖自知”的成语典出于此，我们喝水的时候不但冷暖自知，而且是自饮自解渴，这种以自为灯，观照自心的态度，必须建立在“密在汝边”的深刻信心上。

照理说，像慧可或惠明的问题，禅者都是知道的，可是它解决了慧可和惠明的迷惑，并没有解决其他人的问题，像大珠慧海禅师去参马祖，马祖问说："来作什么？"

慧海说："来作佛！"

"自家宝藏不顾，抛家散走作什么？我这里一物也无，求什么佛法？"

慧海又说："哪个是慧海自家宝藏？"

"即今问我者是，一切具足，使用自然，何假外求？"

接下来，经典上说"慧海言下自识本心，作礼而去"，我时常在思考禅典中常用"言下自识本心"的句子，有那么多修行者的例子摆在我们前面，我们在未参之前应该都已"自知本心"，但"自识"为什么那么难呢？另一个例子或者可以说明。

六祖要入灭的时候，石头希迁禅师还是小沙弥，还未开悟，就担心地问六祖："师父呀！您百年以后，不知道我应该去追随哪一位师父？"

六祖说："寻思去！"

六祖入灭以后，石头每天都坐在静处苦苦寻思，大师兄就问他："你每天空坐在那里干什么？"

石头说："我是禀着先师的遗诫，在寻思呀！"

大师兄说："寻思？唉呀！你搞错了，师父的意思是你应该去参访行思和尚，不是叫你苦苦寻思呀！"

石头听了心眼豁开，就起程去见青原行思禅师。

"你从什么地方来？"青原问他。

石头说："曹溪。"

“你在曹溪得到什么来？”

“我到曹溪前也没有失去什么。”

“既没有得到什么，又没有失去什么，那么你到曹溪去干什么？”

“如果不曾到曹溪去，怎么知道没有失去什么？”

我觉得这一段对话是禅宗里非常有趣的对话，它是反复思量辩证，来看自己的本心。“本心”是人人本有的，因此没有得的问题，既然是本有，也不会失去，故也没有失的问题。

那么，得失又是什么呢？参访老师又是什么呢？

参访老师是由师父指示我们的宝珠，不是他给我们宝珠，得失则是自己找到宝珠，开悟者寻找到宝珠，这只是显露，并不是得，迷失的人则是不知自己有宝珠的人，只是宝珠暂时隐藏，也并不是失去。

想要寻求安心法门的人在此便得到一个人处了，安不是找一个东西来辅助，而是“金屑虽珍爱，在眼亦为病”的那个安，是直指真心而扫除习染的安。这种安是见到本性，而有着灵觉，就像达摩祖师说的：“佛是西国语，此土云觉性。觉是灵觉，应机接物，扬眉瞬目，运手动足，皆是自己灵觉之性，性即是心；心即是佛，佛即是道；道即是禅。”又说：“见本性为禅，若不见本性，即非禅也。”

可是，安心的时候、开悟的时候，是不是还需要修行呢？沩山禅师在被问到这个问题时说：“如今初心虽从缘得，一念顿悟自性，犹有无始旷劫习气未能顿净，须教渠净除现业流识，即是修也。”

说得多么好！安心的时候不是最后的一刻，而是在黑暗中点灯的一刻，要如何继续亮着灯，不再被业风吹熄，才是最重要的呀！

如来的种子

我读过好几部佛经，常常为其中的奥义精深而赞叹着，可惜这些佛经总是谈出世的道理，认为世上的一切都是空的，很难运用到实际的生活里来，对一个想要入世又喜欢佛道的人总不免带来一些困惑。

黄檗禅师说法里有这样一段："心若平等，不分高下，即与众生诸佛，世界山河，有相无相，遍十方界，一切平等，无彼我相。此本源清净心，常自圆满，光明遍照也。"把一个人的"心"提到与众生诸佛平等的地位，稍为可以解开一些谜团。

一个人的心在佛家的法眼中是渺小的，可是有时又大到可以和诸佛相若的地位。在新竹狮头山的半山腰上有一块巨大的石壁，壁上用苍润的楷书，写上"心即是佛"四个大字。同样的，在江苏西园寺大雄宝殿里也有四个大字"佛即是心"；不管是心或佛摆在前面，总是把人的心提升到很高的境界。

其实，这四个字学问极大，它有十六种排列组合，每一种组合意义几乎是一样的，以心字开头有四种组合："心即是佛，心是即佛，心佛即是，心即佛是”。以佛字开头也有四种组合：“佛即是心，佛是即心，佛心即是，佛即心是”。几乎完全肯定了心的作用，佛在这里不再那么高深，而是一切佛法全从心念的转变中产生；明白了这个道理，可以不再从“空”的角度在经文中索解，有时一个平常心就能在佛里转动自如了。

我最喜欢的讲佛法的一段是“维摩经”里的一段，维摩诘问文殊菩萨说：“何等为如来种？（什么是如来的种子？）”文殊说：“有身为种，无明、有爱为种，贪、恚、痴为种，四颠倒为种，五盖为种，六入为种，七识处为种，八邪法为种，九恼处为种，十不善道为种。以要言之，六十二见及一切烦恼，皆是佛种。”

文殊并且进一步解释：“是故当知，一切烦恼，为如来种。譬如不下巨海，不能得无价宝珠。如是不入烦恼大海，则不能得一切智宝。”“譬如高原陆地，不生莲华，卑湿淤泥，乃生此华。”

在这里，文殊把人世间烦恼的意义肯定了，因为有一个多情多欲的身体，有愚昧，有情爱，有烦恼才能生出佛法来，才能生出如来的种子，也就是“若有缚，则有解，若本无缚，其谁求解？”把佛经里讲受、想、行、识诸空的理论往人世推进了一大步，渺小的人突然变得可以巨大，有变化的弹性。

在我的心目中，佛家的思想应该是瘸子的拐杖、顽者的诤言、弱者的力量、懦者的勇气、愚者的聪明、悲者的喜乐，是一切人生行为中的镜子。可惜经过长时间的演变，讲佛法的“有道高僧”大部分忽略了生命的真实经验，讲轮回、讲行云、讲青天、讲流水，无法让一般人在其中得到真正的快乐。

我过去旅行访问的经验，使我时常有机会借宿庙宇，并在星夜交辉的夜晚与许多有道的僧人纵谈世事。我所遇到的僧人并不是生来就是为僧的，大多数并在生命的行程遇到难以克服的哀伤烦恼挫折痛苦等等，愤而出家为僧，苦修佛道，可是当他们入了“空门”以后，就再也不敢触及尘世的经验，用这些经验为后人证法，确实是一件憾事。

印象最深的一次是我住在佛光山，与一位中年的和尚谈道。他本是一名著名大学的毕业生，因为爱情受挫，顿觉人生茫然而遁人空门，提到过去的生命经验他还忍不住眼湿，他含泪说：“离开众生没有个人的完成，离开个人也没有众生的完成；离开情感没有生命的完成，离开生命也没有情感的完成。”也许，他在佛说里是一个“六根不净”的和尚，但是在他的泪眼中我真正看到一个伟大的入世观照而得到启发，他的心中有一颗悲悯的如来的种子。因为，只有不畏惧情感的人，才能映照出不畏惧的道理。

心有时很大，大到可以和诸佛平等，我们应该勇于进入自己的生命经验，勇于肯定心的感觉。无明如是，有爱如是，一切烦恼也应该作如是观。

莲花汤匙

洗茶碟的时候，不小心打破了一根清朝的古董汤匙，心疼了好一阵子，仿佛是心里某一个角落跌碎一般。

那根汤匙是有一次在金门一家古董店找到的。那一次我们在山外的招待所，与招待我们的军官聊到古董，他说在金城有一家特别大的古董店，是由一位小学校长经营的，一定可以找到我想要的东西。

夜里九点多，我们坐军官的吉普车到金城去。金门到了晚上全面宵禁，整座城完全漆黑了，商店与民家偶尔有一盏烛光。由于地上的沉默与黑暗，更感觉到天上的明星与夜色有着晶莹的光明，天空是很美很美的灰蓝色。

到古董店时，“校长”正与几位朋友喝茶。院子里堆放着石磨、石槽、秤锤。房子里十分明亮，与外边的漆黑有着强烈的对比。

就像一般的古董店一样，名贵的古董都被收在玻璃柜子里，每日整理、擦拭。第二级的古董则在柜子上排成一排一排。我在那些摆着的名贵陶瓷、银器、铜器前绕了一圈，没见到我要的东西。后来“校长”带我到西厢去看，那些不是古董而是民间艺术品，因为没有整理，显得十分凌乱。

最后，我们到东厢去，“校长”说：“这一间是还没有整理的东西，你慢慢看。”他大概已经嗅出我是不会买名贵古董的人，不再为我解说，到大厅里继续和朋友喝茶了。

这样，正合了我的意思，我便慢慢地在昏黄的灯光下寻索检视那些灰尘满布的老东西。我找到两个开着粉红色菊花的明式瓷碗，两个民初的粗陶大碗，一长串从前的渔民用来捕鱼的渔网陶坠。蹲得脚酸，正准备离去时，看到地上的角落开着一朵粉红色的莲花。

拾起莲花，原来是一根汤匙，茎叶从匙把伸出去，在匙心开了一朵粉红色的莲花。卖古董的人说：“是从前富贵人家喝莲子汤用的。”

买古董时有一个方法，就是挑到最喜欢的东西要不动声色、毫不在乎。结果，汤匙以五十元就买到了。

我非常喜欢那根莲花汤匙，在黑夜里赶车回山外的路上，感觉到金门的晚上真美，就好像一朵粉红色的莲花开在汤匙上。

回来，舍不得把汤匙收起来，经常拿出来用。每次用的时候就会想起，一百多年前或者曾有穿绣花鞋、戴簪珠花的少女在夏日的窗前迎风喝冰镇莲子汤，不禁感到时空的茫然。小小如一根汤匙，可能就流转过百年的时间，走过千百里空间，被许多不同的人使用，这算不算是一种轮回呢？如果依情缘来说，说不定在某一个前世我就用过这根汤匙，否则，怎么会千里迢迢跑到金门，而在最偏僻的角落与它相会呢？这样一想，使我怅然。

现在它竟落地成为七片。我把它们一一拾起，端视着不知道要不要把碎片收藏起来。对于一根汤匙，一旦破了就一点用处也没有了，就好像爱情一样，破碎便难以缝补，但是，曾经宝爱的东西总会有一点不舍的心情。

我想到，在从前的岁月里，不知道打破过多少汤匙，却从来没有一次像这一次，使我为汤匙而叹息。其实，所有的汤匙本来都是一块泥土，在它被匠人烧成的那一天就注定有一天会被打破。我的伤感，只不过是它正好在我的手里打破，而它正好画了一朵很美的莲花，正好又是一个古董罢了。

这个世界的一切事物都只不过是偶然。一撮泥土偶然被选取，偶然被烧成，偶然被我得到，偶然地被打破……在偶然之中，我们有时误以为是自己做主，其实是无自性的，在时空中偶然的生灭。

在偶然中，没有破与立的问题。我们总以为立是好的，破是坏的，其实不是这样。以古董为例，如果全世界的古董都不会破，古董终将一文不值；以花为例，如果所有的花都不会凋谢，那么花还会有什么价值呢？如果爱情都能不变，我们将不能珍惜爱情；如果人都不会死，我们必无法体会出生存的意义。然而也不能因为破立无端，就故意求破。大慧宗杲曾说："若要径截理会，需得这一念子噗地一破，方了得生死，方名悟入。然切不可存心待破。若存心破处，则永劫无有破时。但将妄想颠倒的心、思量分别的心、好生恶死的心、知见解会的心、欣静厌闹的心，一时按下。"

大慧说的是悟道的破，是要人回到主体的直观，在生活里不也是这样吗？一根汤匙，我们明知它会破，却不能存心待破，而是在未破之时真心地珍惜它，在破的时候去看清：“呀，原来汤匙是泥土做的。”

这样我们便能知道僧肇所说的：“不动真际为诸法立处。非离真而立处，立处即真也。然则道远乎哉？触事而真。圣远乎哉？体之即神。”（一个不动的真实才是诸法站立的地方，不是离开真实另有站立之处，而是每一个站立的地方都是真实的。每接触的事物都有真实，道哪里远呢？每有体验之际就有觉意，圣哪里遥远呀？）

我宝爱一根汤匙，是由于它是古董，它又画了一朵我最喜欢的莲花，才使我因为心疼而失去真实的观察。如果回到因缘，僧肇也说得很好。他说：

> 物从因缘故不有，缘起故不无，寻理即其然矣。所以然者，夫有若真有，有自常有，岂待缘而后有哉？譬彼真无，无自常无，岂待缘而后无也。若有不自有，待缘而后有者，故知有非真有。有非真有，虽有不可谓之有矣。

一根莲花汤匙，若从因缘来看，不是真实的有，可是在缘起的那一刻又不是无的。一切有都不是真有，而是等待凶缘才有，犹如一撮泥土成为一根汤匙需要许多因缘；一切无也不是真的无，就像一根汤匙破了，我们的记忆中它还是有的。

我们的情感，乃至于生命，也和一根汤匙没有两样，“捏一块泥，塑一个我”，我原是宇宙间的一把客尘，在某一个偶然中，被塑成生命，有知、情、意，看起来是有的、是独立的，但缘起缘灭，终又要散灭于大地。我有时候长夜坐着，看看四周的东西，在我面前的是一张清朝的桌子，我用来泡茶的壶是民初的，每一样都活得比我还久，就连架子上我在海边拾来的石头，是两亿七千万年前就存在于这个世界了。这样想时，就会悚然而惊，思及“世间无常，国土危脆”，感到人的生命是多么薄脆。

在因缘的无常里，在危脆的生命中，最能使我们坦然活着的，就是马祖道一说的“平常心”了。在行住坐卧、应机接物都有平常心地，知道“月影有若干，真月无若干；诸源水有若干，水性无若干；森罗万象有若干，虚空无若干；说道理有若干，无碍慧无若干”。(马祖语)找到真月，知道月的影子再多也是虚幻，看见水性，则一切水源都是源头活水……

三祖僧璨说：“莫逐有缘，勿住空忍。一种平怀，泯然自尽。”这“一种平怀”说得真好。以一种平坦的怀抱来生活，来观照，那生命的一切烦恼与忧伤自然就灭去了。

我把莲花汤匙的破片丢入垃圾桶，让它回到它来的地方。这时，我闻到了院子里的含笑花很香很香，一阵一阵，四散飞扬。

广大的心可以改变世界

一个人的心如果不够柔软，就无法检验自己的慈悲和智慧，反之，则可以检验内在和外在的东西。谈到柔软，大家的脑海里立刻会浮现很多事物，诸如莲花和剑兰的花瓣、天上的云、地上的草。柔软的东西会随着外面世界的舞动而动。若是刚强的话，便无法感受外面的风吹草动。

禅宗有一个故事：有一次，六祖慧能听到两个和尚在辩论，这两个和尚看到寺庙里的旗子在动，一个说："那是风动。"另一个说："那是幡动。"慧能说："不是风动，也不是幡动，而是仁者心动。"当他讲这句话时，正巧被一位在台上讲经的师父听到，立刻下台来请他上台去讲经。为什么不是风动，也不是幡动，而是仁者心动？风和幡都很柔软，但是有一个东西比这两样东西还柔软，那就是各位的心。心若是非常柔软的话，就可以简单地检视风和旗子的动；若是刚强的话，风动就是风动，旗动就是旗动，感受不出风向。所以心的柔软是很重要的，它可以用来检验慈悲的风和智慧的旗。

接下来的问题是：如何使心柔软，或开启柔软心？我自己归纳出几点开启柔软心的方法：第一，从心的广大来开启。经典或佛菩萨的说法告诉我们："心可以包容十方三世。"三世是无始劫以来的过去世、现在世和未来世。也就是说，广大的时空观点可以开启一个人的柔软心。最广大的时空观点是什么呢？我们知道当今的科学家已经研究出五度空间，分别是深度、广度、袤度、时间的空间、心的空间。如果一个人能够将这五度空间全部开启，就能有柔软的观点来看待这个世界。

一切的事物都可以用五度空间的观点来看，譬如天空又深、又广、又袤、又长久，并且可以和我们的心互动，大地和人也是一样。可是为什么有的人只有两度或三度空间，只能看到深、广和短暂的时间，无法开展时空的广度？

这个世界上有很多众生无法知道五度空间，譬如蚂蚁只知道前进后退和左右两个空间，它无法抬头看天上，也无法离开地平线，所以它的眼睛里只有两度空间。还有一种生长在稻梗里的虫叫岷虫，这种虫只有一度空间，因为它在一辈子里从来没有离开过稻梗。比如我很同情百货公司里的电梯服务员，虽然电梯在移动，可是她们整天都在电梯里，所以空间并没有改变。

因此，扩展心的广度对于心的柔软是有帮助的，而这一点是可以锻炼的。譬如当我们遇到事情时，若能退后一步，就能看到比较大的空间；如果我们往前看，便只能看到小空间。同时，要常常在静处看，在人潮中，若自己的心是安静的，便能做很好的观照。另外，还要从远处看。我常常说两句话："捕鱼的渔夫是看不见海的，追鹿的猎师是看不见山的。"一个人要去捕鱼时，想的是鱼，捕的是鱼，没有心情抬起头来欣赏海上的风光。同样的，猎人每天在心里追杀鹿，心里装不下整座山，为什么？因为他们往往从小处、近处、动处来看，便无法柔软广大地来看这个世界。我们在生活中常常碰到一个问题，某些人被情侣抛弃后，会心存"我要死给他看，好让他痛苦一辈子"，然后就真的去自杀了，有的人从高楼跳下来，摔断了两条腿没有死；有的喝了农药，胃肠都烂掉了，仍被救活了。这样做不但没让对方痛苦，自己反而痛苦一辈子，因为他们都从小处、近处看，被外境所转动。我常常劝这样的人说："这样做不会使对方痛苦一辈子，因为你的痛苦是控制在你的手里的，而别人的痛苦是由别人所主宰的。很可能你死了，他一个星期就复原，或者很高兴摆脱一个包袱。那么，你的死便完全没有意义。"由于我们的心不够广大，所以看不到事实，若能退后一步来看，也许会想："幸好被这种人抛弃，以后我就能嫁娶更好的对象。"如此一想，天地便豁然开朗，心也变得柔软起来，可以包容伤害。

另外一个使心广大的方法是：对业、因缘和因果有一个好的看待。对于佛教徒而言，最严重的问题便是业无法超越，以及因缘、因果无法改变。我自己有时候在夜晚想到这个世界的业、因缘和因果，想得都会流泪，当我们看到这个世界上所有的人都在受苦、忧伤、挣扎、受困于业报时，会使我们不由地流下眼泪，佛教里说这种战栗为"身毛皆竖"。为什么呢？因为业是无法改变的。《地藏经》告诉我们：“骨肉至亲，不能代受。”是说地狱里每个人都很苦，即使在那里碰到爸爸妈妈，虽然有心承担他们的业，却不能如愿。《地藏经》又说：“骨肉至亲，无肯代受。”读到这里真令人感慨，如果“骨肉至亲，不能代受”“骨肉至亲，无肯代受”，那么，我这么努力修行、清净自我又有何用？这样一来，便使我们陷入业、因缘的困境。业和因缘的困境不仅是我们自我的，也是众生共同的困境。每当我陷入悲观时，就会不由自主地观照禅宗的公案，因为经典里告诉我们：“骨肉至亲，无肯代受。”可是禅宗里却提到有一个徒弟说：“我有业的束缚，该怎么办？”师父说：“你把业拿出来给我看看。”结果徒弟拿不出来，也就豁然开朗。禅告诉我们，在自性的光明里，业是了不可得的。人人都有光明的自性，人人的业也都可以了，不可得。就这样，一念之间，便可以让我们扫除业和因缘的困境。

然而，这里面又充满了矛盾，这种矛盾有时候是很难解的。经典把业讲得那么严肃，不能解脱：“众生举止动念无不是业，无不是罪。”而禅宗却说，不管有多少业，“慧日一出，黑业立尽”。到底哪一个才是对的呢？

于是，我们便会思考起一个问题，那便是每个人的生命都很渺小，宛如一粒沙子。佛陀也说过，一个人就像恒河边的一粒沙子那般渺小。从业的观点来看，每一粒沙子都是独立存在的，和别的沙子毫无关系，所以，沙子只有自我清净的能力，无法去清洗旁边的沙子。也就是说，我们虽然很想度化爸爸妈妈、哥哥姐姐，可是我们没有能力去清洗他们，除非他们清洗自己。即使是最邻近的那一粒沙子，要清洗它都是不可能的，这就是业和因缘的观点，也是“骨肉至亲，不能代受”的观点。从这种观点很可能发展出一种观念，那就是当我们打开报纸或电视，看到一个人将另一个人全身捅得像蜂窝时，有些佛教徒就会说：“这都是业啊！是他前辈子欠他的，才会被杀掉。”每当我听到这种说法，忍不住会“身毛皆竖”，真的都是业吗？如果我们的观点只局限于业，因缘都只能累积，不能转化，那么就会产生一个很严重的问题，也就是使我们失去对被伤害者的悲悯，以及失去对伤害者的斥责。如此一来，我们不但失去悲悯心，同时也失去对恶质东西的反抗，失去了良知和正义感。

在一个有柔软心的人看来，世界上所存在的每一件恶事，不应该由当事人来承担，而是整个社会要相对地来承担负责。只有如此，真实的正义才可以抬头，全体的道德才有落脚的地方，人间净土才有实践的可能。

学佛的人每天念“南无阿弥陀佛”，希望能到西方净土去投生。其实，西方净土并非完全清净的人才能去往生。如果说，西方净土要完全清净的人才能去往生，那我们就很难到极乐世界去，因为我们都不是完全清净的人，应该是众生背负着罪业投生到清净的环境里，就自然清净起来。所以，不论什么样的众生，到了西方净土，都可以纯净起来。因此，这个世界上一切众生的痛苦，不可以因从前所造罪业而活该当受。修行的人不应该有一丝一毫“活该”的念头，如此才能使自己的心广大而柔软起来。显然，这个世界上的每一个人都在受业报的纠缠，但是不应该人人都是活该的，我们虽然无法解开众生的业、因缘和因果，但是在观察事物时，不应该只看到一粒沙，而要看到整条河流。我想佛陀最伟大的地方是他看到整条恒河，而不只是恒河边的一粒沙。这也是菩萨道安顿的基础。

为什么有菩萨道，而且菩萨道还可以安顿？就是因为菩萨在看罪业、因缘和因果时，不只看到一粒沙，而是看到整条河岸的沙。看到了整条河岸的沙，虽然会使自己觉得渺小，却不是完全无助的，而且很显然，一粒沙是生命中无可改变的困局。然而，当我们看到生命的苦楚时，不应该只看到一粒沙，而是看到整条河岸。佛陀看到人会生、老、病、死，他不只是看到一个人而产生悲悯，他看到的是每一个人都会生、老、病、死、爱别离、怨憎会……也就是所有众生所面临的共同困境。如此的想法，就使我们有了广大的观点，也使我们有了一个非常柔软的心来包容这个世界，这种包容使我们骨肉至亲可以代受，还肯代受。不仅如此，即使是有缘无缘的一切众生，我们都愿意去承受他的罪业和苦楚，这样的修行才是广大而有意义的。透过良好的角度来观照业、因缘和因果，就可以使我们看到这个世界美好的一面、菩萨的悲心，以及世界之所以如此困顿、遗憾无非要锻炼我们，使我们充满慈悲心和柔软心。这么一来，我们就不会受到业和因缘的局限。

业、因缘和因果都是佛教里非常坚强的东西，而菩萨道的修行就是要告诉我们，一个人的心量如果广大的话，就可以改变这个世界、宇宙和人生。惟有这个观点成立，佛经里记载的菩萨才有落脚的地方。观世音菩萨可以改变我们的业，文殊师利菩萨可以改变我们的智慧，地藏王菩萨可以承担我们的罪业，这些在经典里都记载得很清楚。从这个观点来看，我们便突破业和因缘的困境，进入菩萨的柔软心。

经常培养心的慈悲

第二个锻炼柔软心的方法便是从心的慈悲做起。今年过年，我从台北要回去故乡高雄旗山。我在小港机场下机，搭了一部计程车，这个计程车司机非常热心，开到半路对我说：“我带你去看歌星王默君和龙眼被撞死的现场，好不好？”没待我回答，他就说：“已经到了。”他指着马路旁一块空地说：“这里就是她们被撞死的地方。”这名司机是车祸的目击者，他告诉我王默君的凄惨死状以及现场的情形。听他一讲，我的眼泪就流下来。像这么善良、美丽、有前途、长得一副菩萨相的少女，为什么会遭遇到这样的恶报呢？想到生命的无常，真令人痛心。

接着我们开上高速公路，这个计程车司机又热心地说：“你要不要去看昨天有两个警察在高速公路上被匪徒枪杀的现场？”他还特别停靠在路肩说：“就是在这里，子弹从警察的脖子穿过去，死得很惨。”上车后，司机一面开一面说：“那个被打死的警察是你们旗山人呢！”我回家后，听我哥哥说起，那个警察不但是旗山人，还跟我们住在同一条街上。我的亲朋好友当中，很多人都认识这个警察，大家告诉我那个警察多么乖巧，而且才新婚几个月，最悲惨的是他的太太已经有了身孕。听到这种事情，我们只能流泪。

如果我们看到这样的事件都说它是业、业报和因果，又怎么当菩萨呢？菩萨是一种悲情，也就是悲悯之情。当我看到王默君身死的现场，过完年又在电视上看到她唱歌，不由得有一种深刻的感受，心想这么一个美丽、清纯、像菩萨的少女，她原本就是菩萨来示现。她给我们什么样的示现呢？第一是无常，我们不知道自己的下一秒钟在哪里？所以佛陀常说：“人命在呼吸之间，出息不还，即是后世。”这样的菩萨用最悲惨的状况来向我们示现无常，让看到她死的众生觉悟，赶快修行，免得有一天无常突然到来就来不及了。第二个示现是：菩萨不一定用什么面目在这个世界上出现，他不一定坐在前面让人拜，也不一定有很庄严的样子。所以，《维摩诘经》告诉我们：“菩萨通达佛道。故行于非道。”也可以说：“菩萨行于非道，故通达佛道。”菩萨用一种奇怪的、扭曲的、特别的现象来教化我们，告诉我们人生、无常、觉悟就是这个样子，所以要努力精进地修行。从这个角度来看，我将这些善良的罹难者都视为菩萨的示现，而不把他们看成只是业和因果的报应。就像那个警察的死，使我居住的小镇居民都感受到无常的可怕和可畏。

所以，作为一个修行人和佛的弟子，要常常培养心的慈悲，并用良好的态度来面对这个世界上所发生悲苦的事情。很多人告诉我：“你们修行的人最无情，要丢下父母、妻儿，或者离开这个世界，自己去求解脱。”修行的人从外表看起来是无情的，其实这不是无情，而是至情。真实的至情是从愿力、智慧和慈悲所产生。能够这样想，我们又怎么知道王默君小姐从前不是一个菩萨呢？她也许发愿要来向众生示现无常，以及无常是苦。这样的想法对我们有非常大的启发，使我们产生真实的慈悲，一想到人生苦处，就有酸楚的感觉。这种感觉使我们的心变得宁静，纵使有些凄凉，却是那样透明、清净，没有受到染浊。

用超越的观点来看待生命

第三个使我们的心柔软的方法就是从心的超越开始锻炼我们的柔软心。我常常说，一个学佛的人要有好的、高的观点来看待生活和生命。

我们经常会想到："我是一个佛教徒，为何还有这么多折磨？""为什么这个世界上的人都比我幸福？"打开电视，在综艺节目中表演的歌手似乎都活在净土里，嘻嘻哈哈没有烦恼。当我们生病时，走在街上，看到每一个人都比自己健康。看中国小姐选美时，觉得每个人都比自己美丽。看到别人都比我们有钱，有智慧……为什么我们有这种看法？因为我们还停留在众生、凡夫的观点里，也由于观点不够高，使我们看不到表面背后的东西。如果我们的观点够高，我们就会看到凡是投生到这个世界的人都是有缺憾的。为什么？因为这个世界叫做娑婆世界，译成白话就是有缺憾的世界、堪忍的世界、苦的世界。因此，每个人的缺憾虽然面目不一，可是所受到的苦楚都一样。我们看到有钱人有有钱的烦恼，穷困人有穷困的烦恼，美丽的人有美丽的烦恼，丑陋的人有丑陋的烦恼。这些烦恼在现象上虽然不同，在本质上却很相似。譬如一个有钱人赚到一百万的快乐和一个乞丐乞得一百块的快乐可能是一样的，同样的，像我们这样的平凡人，有时候去吃个三十块钱的自助餐都吃得津津有味，而有钱人可能要花两万或三万去吃一桌酒席才会津津有味。我们所感受的好吃是相同的，只是现象不同罢了。而我们所感受的痛苦也是一样，只是现象不同而已，在本质上都是有缺憾的。当我们认识到了这个观点，就能超越比较的观点，我们不必去和别人比较谁幸福，因为每个人幸福的现象都不同。只要我们稍微把心往上超越，就能进入比较绝对或智慧的观点，这种观点可以使我们比较没有遗憾、比较柔软、坦然地走向这个世界。

当我们的心超越起来的时候，就是建立善缘和慧根的时候。善缘和慧根是同样的东西，一个有智慧的人自然就会有善缘，所到之地都会碰到善知识，会平安喜悦，智慧得到开启。为什么会这样呢？这是因为你的心有微微的超越，自然有了微微的觉悟，有了微微觉悟的累积，便可以得到善缘和慧根。当我们觉得自己有很好的智慧的开发，有很多众生和我们结缘时，我们的心就柔软了。所以，要常常将心超越一点。

时时保持敏感待悟的心

开启柔软心的第四个方法是从心的敏感来开启。经典里记载释迦牟尼佛的前生，有一世叫睒子，睒子是一个非常孝顺的孩子，经典用了六个字来描写他的慈悲，叫作“践地惟恐地痛”。走在地上都害怕地会痛，这种心是多么的敏感和柔软，连地都怕它痛，当然就不会伤害众生，这时候，便可以处在敏感的状态来看待这个世界。虽然我们无法做到“践地惟恐地痛”，但是在踩地时若能想到这句话，将使我们的心变得比较敏感。

禅宗里有一种检验人格和修行的方法，叫作“残心”。残心就是我们在对待失败和痛苦时有什么样的态度和观点，并由此检验出一个人的人格、修行、境界。举一个简单的例子，我们在春天走到乡间去，看到繁花遍野，感觉春天是那么美丽，令人欢喜。秋天时，满山红叶，树叶凋零，令人感觉肃杀。但是我们感觉到秋的美丽和春天是一样的，有时候甚至觉得秋冬的美丽不亚于春天，这就是残心。因为我们的心是美丽的、敏感的，因此可以感觉到春夏秋冬及一切苦楚的美丽，也能感受到悲伤、受挫的美丽。在我们被压迫到最不堪时，有什么残心？是否同样敏感地对待这个世界？当我们的爱人要离开自己时，是否能想到：“他离开我是多么地美丽，因为他找到更好的对象。”当别人打我们、骂我们时，我们是否有这种残心：“这个人是菩萨的化现，他用特别的方法来让我修忍辱。”当父母把我们抚养长大、逐渐老去时，我们有没有报答他们的残心？我们有没有用感恩的心来对待孩子、朋友及这个世界；以及一切失败所给予的启发和觉悟？

残心可以使我们非常地敏感、柔软。要培养敏感有一个简单的方法，就是时时保持反观。当我们的脾气要发作时，要反观自己的动机，是否因为自己的心不够柔软，所以别人骂我一句、踩我一脚、看我一眼，我就发作？这些问题不在于别人的过错，而是因为自己的心不够柔软。除了时时保持反观的精神外，还要经常保有一颗光明而待悟的心。

最好的开悟时机就是挫败的时候。禅宗有一个很好的启示，就是“棒喝”，将人打到最谷底的地方，让我们开悟。我们在生活中，经常有很多棒喝的时机，譬如老板、客户、同事的责备，这时，要把他们当作禅师，让自己开悟。

当然，开启柔软心的方法还有很多，我只是简单地归纳出这四种方法，就是用广大的观点、慈悲的心地、超越的观点、敏感待悟的心来开启我们的柔软心，这样我们就能忍辱柔和，身心自在。但是广大、慈悲、超越、敏感并不表示离开众生或高高在上，因为不管我们是一个多么伟大的修行者，我们都还是众生的一部分。

柔软心是人间净土的希望

我住在乡下，经常心存感恩，因为基本上我是一个容易害羞的人，我很怕在路上或百货公司被人认出来，我很希望自然又自在地活在众生里面，而我住在乡下，从来没有人觉得我有何特别之处。我去工厂参观，被误为工人；去买水果，也被认为是水果摊老板；我经常带着孩子到河边捡石头，有些钓客便取笑我："憨猴才捡石头。"有时候，我会到庙里去拜佛，拜完之后就起来走走，看看庙的建筑，有一次，一个欧巴桑把我叫过去说："少年仔，过来一下。"我走了过去，她严肃地说："你这么少年，一天到晚在外面乱逛，不要四处玩，回家要多念阿弥陀佛。"我听了好感动，那天为这个欧巴桑多念了好几次"阿弥陀佛"。

佛教有一副伟大的对联："欲为诸佛龙象，先做众生牛马。"意思是我们要做佛门的龙象，就要先做众生的牛和马，才能使菩萨行得到落实。所以，一个人要超越广大悲、敏感，并非要远离众生，而是要真实地进入众生里面，让他们不知道我们是一个修行者，如此才能随顺众生。一个有柔软心的人从来不苛求众生，因为众生如果可以被苛求、有智慧、能觉悟，现在早已经是一个菩萨了，不会还是一个众生。我们应该用这样的观点来看众生，并且用这种观点时时反观自己：因为我还有缺憾，所以现在还在这个世界上；我要努力使自己很快完成缺憾、使自己圆满，并且忍辱柔和，身心自在俱足。

柔软心是佛教里智慧、觉悟、菩提、慈悲、愿力的总集成。一个人如果有柔软心，修行就没有问题，所谓的“阿耨多罗三藐三菩提心”就是菩提心，所谓证得“阿耨多罗三藐三菩提”就是证得一个光明、柔软、无二、没有分别的佛性。

一个人如果能够柔软，求佛道的过程就不容易被折断。像观世音菩萨手里拿的杨枝、河边的柳条、地上的青草都不容易被折断，为什么？因为它柔软，但是这种柔软并非拒绝风雨才不会被打断，而是它不畏风雨，它不但不怕风雨，还可将风雨转化成养料、智慧和慈悲，更加努力地生长。

我们看到鱼网都很柔软，却很强韧，才能网住每一条鱼。如果我们的心能像鱼网那么柔软和强韧，就可以抓住生命里的每一个悟，不会错过开悟的时机。

其实每一个人开悟的时机都一样，之所以不能开悟，无非因为不能抓住那个悟。如何才能抓住呢？就是柔软。我们晓得“滴水穿石”，如果我们能像水那般柔软，虽然渺小，也可穿越重重障碍，得到佛法的真实意。

一个人有柔软心，这个世界就多了一丝希望，也更能多一丝接近净土。经典告诉我们："娑婆世界是释迦牟尼佛的净土，也就是释迦牟尼的极乐世界。"遗憾的是，我们却把佛陀的净土搞成现在这个样子。所以，我们一定要努力地发愿、实践，使自己柔软，使这个世界清净，让我们生存的这个世界有一天可以成为真正的净土，成为他方国土众生所渴求、要往生的净土。

希望我们大家一起来努力、锻炼自己的柔软心，使这个世界清净，才不会辱没我们的释迦牟尼佛。

明珠一颗

海岸上最宁静的是什么时刻？如果你这样问我，我会说："是太阳要从海上跃起之前。"

那时，整个海上，海面的雾、海上的潮、海中的鱼。整个山边，山间的露、山顶的烟岚、山里的鸟。全都静默下来，期待着迎接最初

的阳光，只有微微的风在流浪着，但风也是无声。

每天的太阳升起，可以说是海岸的盛典，大家屏息静气地等着太阳，我也不敢大口呼吸。然后，云开始奔跑、鸟开始歌唱、鱼跳出水面、雾流动、浪拍岸，阳光转轮一般，从海面跳跃出来，伸出亿万根手指，抚摸热烈期待它的大地与海，温柔、平等，而且无边。

我心里的一首诗随阳光跳出："我有明珠一颗，久被尘劳关锁；一朝尘尽光生，照破山河万朵。"

海上初升的太阳，确实是和心一起跃动的，带给我们一些期待、温暖，还有光明的启示。如果一个人常看太阳自海面升起，有一天，心里的太阳一定会升起。